W0394890

AMÉLIE NOTHOMB

LE LIVRE DES SŒURS

roman

ALBIN MICHEL

IL A ÉTÉ TIRÉ DE CET OUVRAGE

Quarante exemplaires
sur vergé blanc chiffon, filigrané, de Hollande
dont trente exemplaires numérotés de 1 *à* 30
et dix exemplaires, hors commerce, numérotés de I *à* X

© Éditions Albin Michel, 2022

L'amour de Florent fut le premier événement de la vie de Nora. Elle sut qu'il n'y aurait ni autre amour ni autre événement. Il ne lui arrivait jamais rien.

À vingt-cinq ans, Nora était comptable dans le garage d'une ville du nord de la France. Elle croyait normal de tant s'ennuyer. Florent, trente ans, était chauffeur à l'armée. Comme il faisait vérifier ses pneus, il vit Nora qui fumait à l'extérieur. Conquis, il revint chaque jour.

– Si on m'avait dit que je plairais à un militaire !

– Je ne suis pas militaire.

– Tu travailles pour l'armée.

– Tu travailles pour un garage. Es-tu mécano ?

C'était l'amour fou. Ils s'en parlaient peu,

parce qu'il n'y avait pas grand-chose à en dire.

– Qu'est-ce que tu me trouves ?

– Et toi ?

Dès qu'ils se rejoignaient, recommençait le mystère. S'effleurer provoquait des étincelles. S'embrasser donnait le vertige.

– Il y a des hôtels, leur disait-on.

Ils le savaient. Mais ils savaient aussi combien chaque étape était nécessaire chaque jour. La moindre séparation supposait des adieux, les moindres retrouvailles des effusions interminables. Ils n'y pouvaient rien. L'amour n'est pas une sinécure.

Dans leur entourage, on les rassura :

– Ça vous passera. La passion, ça n'a qu'un temps.

Les avis divergeaient quant à celui-ci : on leur prévoyait entre deux mois et trois ans de convulsions. « Après, ça se calmera », affirmaient les gens bien intentionnés.

Étrangement, Florent et Nora, des ignorants notoires, surent d'emblée que les tiers se trompaient. Ils n'éprouvaient pas le besoin de protester. En privé, Florent disait à Nora :

– Ils ne peuvent pas comprendre.

Étaient-ils des condamnés ou des élus ? La question leur indifférait. Ils acceptaient à fond leur destin.

– Est-ce qu'on se marie ? demanda-t-il.

Ce qui n'a rien à voir avec le traditionnel : « Veux-tu m'épouser ? »

– Oui, répondit-elle aussi simplement que s'il l'avait consultée sur la couleur des rideaux de leur chambre.

Ils annoncèrent la nouvelle. La noce aurait lieu le 26 février.

– Attendez plutôt le printemps, leur conseilla-t-on.

– Pourquoi ?

La date fut maintenue.

Ils emménagèrent dans une petite maison. La vie à deux les enchanta. Le matin, Florent conduisait Nora au garage puis il partait vaquer à ses occupations. Ils travaillaient avec le sérieux qu'on leur connaissait. Ce n'était pas encore l'époque des portables. Quand il avait fini sa journée, le mari appelait la femme dans son bureau. Elle attendait cette sonnerie avec ferveur.

La soirée était prétexte à des réjouissances sans nom. On allait se promener dans les champs. On débouchait la meilleure bouteille. On cuisinait ensemble. On se couchait avec délices. On arrivait au travail les yeux à peine ouverts.

Trois années passèrent. À voguer sur les nuages. L'entourage n'en pouvait plus.

– Et si vous aviez un enfant ? leur conseilla-t-on.

– Pourquoi ?

– L'amour, ça sert à ça, non ?

Ils n'y avaient pas pensé.

Nora ne tarda pas à être enceinte. Les gens soupirèrent de réconfort. À l'insu du couple, ils échangèrent des propos pleins de bon sens :

– Ça va les calmer.

– Rien de tel qu'un moutard pour arrêter la lune de miel.

La grossesse redoubla leurs ardeurs. Émerveillés par le phénomène, les amoureux explorèrent de nouvelles possibilités.

Les commentaires ne manquèrent pas :

– Oui, qu'ils en profitent ! Dans quelques mois, c'est fini la liberté !

– Moi, avec Gilbert, depuis la naissance du petit, on se dispute tout le temps.

– Ils vont savoir ce que c'est, la fatigue, les mauvaises nuits.

Le 13 novembre 1973, Nora accoucha d'une petite fille qu'elle appela Tristane.

– Elle te ressemble, dit-elle au nouveau père. Pâle et blonde, comme toi.

Éblouis, les jeunes parents rentrèrent chez eux dès que possible. La chambre du bébé était prête, à côté de la leur.

Tristane se révéla une pleureuse. Florent et Nora se relayaient pour courir à son chevet. On lui donnait le biberon, on la prenait dans ses bras, on ne savait pas trop comment procéder.

Ils interrogèrent le pédiatre, qui récita la vulgate de l'époque :

– N'intervenez plus. Si vous venez dès qu'elle pleure, elle pleurera d'autant plus. Elle va devenir une enfant gâtée.

Le problème, c'est qu'on entendait la petite brailler à travers la cloison. Difficile de l'ignorer dans de telles conditions. Une nuit, Florent attrapa le bébé, qui devait avoir deux semaines, et lui parla avec fermeté :

– Tristane, il paraît que tu me ressembles, alors je te le dis : arrête. Maman t'aime, je t'aime, tout va bien. Et maintenant, c'est fini les pleurnicheries.

Il retourna au lit.

– Tu n'y es pas allé de main morte, chuchota Nora.

– J'ai l'impression qu'elle m'a compris.

La petite ne pleura plus jamais.

Le bonheur des jeunes parents reprit de plus belle. On s'occupait du bébé quand il le fallait et le reste du temps, c'était comme avant.

Le congé maternité ennuya Nora. Elle aimait l'enfant, mais elle ne voyait pas comment lui tenir compagnie. Quand Florent rentrait du travail, la vraie vie recommençait.

Le père embrassait la petite dans son berceau, gazouillait une minute avec elle et puis disait :

– C'est l'heure de dormir, ma chérie.

Il refermait la porte de la chambre et rejoignait son amoureuse.

– Ce qu'elle est sage, notre Tristane !

– Je lui ai trouvé une place à la crèche. Quand mon congé maternité sera fini, il suffira de l'y emmener chaque matin.

– Six mois, ça n'est pas un peu tôt pour la crèche ?

– Non, c'est comme ça que ça se passe.

Nora n'osait pas dire combien elle était impatiente de mettre en place cette vie nouvelle. Ce qui la rassurait, quand elle avait l'impression de manquer d'élan pour sa fille, c'était que son mari était dans les mêmes dispositions. Un homme aussi fabuleux ne pouvait pas se tromper. Par ailleurs, elle ressentait un amour véritable à l'égard de son enfant : simplement, elle ne savait pas « ce qu'il fallait faire d'elle ».

« Ça s'arrangera quand elle grandira », se dit-elle.

Les autres mois s'achevèrent. Nora fut enchantée de retourner au bureau.

Tristane adora la crèche. On ne la laissait jamais seule. Il n'y avait jamais un moment où la porte se refermait sur son silence. Des femmes très gentilles s'occupaient d'elle, lui parlaient. Il y avait d'autres bébés, ce qui ne la dérangeait pas. Certes, tout n'y était pas parfait, il n'y avait ni papa ni maman. Mais à la maison, il n'y avait pas tellement papa et maman non plus.

À la crèche, Tristane se sentait exister. Dormir n'était pas un devoir. Du coup, elle dormait mieux.

L'une des femmes lui dit un jour :

– Toi, tu ne pleures jamais. Tu es incroyable !

Tristane, qui n'avait pas de langage pour lui répondre, s'étonna de ce propos. Si elle avait pu parler, elle aurait dit :

– Papa m'a ordonné de ne plus pleurer, parce que c'est mal.

L'énigme demeura entière. Les autres enfants pleuraient, personne ne leur intimait l'ordre d'arrêter. Tristane éprouva un besoin profond de pleurer et n'y arriva pas.

Le soir, quand maman venait la chercher, elle avait l'air contente de la retrouver. Tristane souriait, maman souriait. Tout était pour le mieux. Papa attendait dans la voiture.

– Ma chérie ! s'écriait-il en voyant la petite.

Le retour était l'un des meilleurs moments de la journée. Tristane se sentait en compagnie de ses parents. Malheureusement, le trajet durait quinze minutes.

À la maison, d'infinies séparations recommençaient. Le bain, c'était avec papa ou maman. Le biberon aussi.

Ensuite, se produisait l'instant redouté. On la couchait et surtout, on refermait la porte de sa chambre. C'était d'autant plus terrible que Tristane entendait papa et maman qui étaient tellement ensemble. Elle n'était ni jalouse, ni envieuse, ni même possessive, son désir ne se focalisait ni sur son père ni sur sa mère : elle aurait juste voulu participer à la fête.

Puisqu'elle aimait ses parents, elle essayait alors de tenir le rôle qu'ils avaient prévu pour elle. Cela ne réglait pas le problème : il semblait qu'ils n'aient pas de place à lui attribuer. Dans le casting de cet étrange tournage, on avait engagé une actrice de trop. Le film ne comportait que deux personnages, les deux jeunes premiers.

Il fallait donc que Tristane invente son rôle, ce qui, quand on a un an, est très difficile. Elle trouverait bien un jour. Là, comme il était trop tôt, elle se contentait d'être sage.

Qu'est-ce que cela signifiait, être sage ? Cela voulait dire n'émettre aucun son, ne manifester aucun souhait ni besoin, ne pas bouger. Huxley écrit que la moitié de toute morale est négative. L'éthique qui recouvrait le devoir d'être sage était négative à cent pour cent.

L'unique manière de s'en sortir de façon positive consistait à dormir. Tristane, qui s'était facilement endormie les premiers mois de sa vie, commença dès l'âge d'un an et demi à souffrir d'insomnies. Dormir était tellement obligatoire qu'elle n'y arrivait plus. La moindre pensée, le moindre bruit, la moindre fissure devenait prétexte à se dérober à la suprême consigne du sommeil. Et pourtant, elle aimait dormir. Quand elle y parvenait, elle atteignait ce graal, obéir à ses parents tout en comblant son propre désir : non seulement elle s'enfonçait dans l'exquis abîme, mais en plus elle y vivait des aventures colossales sous forme d'une activité onirique sans précédent.

Quand elle se réveillait, au délice d'avoir dormi s'ajoutait l'émerveillement d'avoir vécu de tels prodiges. Elle comprit très vite que, pour empêcher le rêve de s'enfuir, il fallait se le raconter avec minutie. Ce devint sa délectable obsession.

À cette fin, il lui fallait un langage approprié. Tristane décida de s'emparer des mots. Elle sentait qu'un obstacle l'empêchait momentanément de clamer ces vocables comme ses parents ou les personnes de la crèche, mais cela lui indifférait : c'était à l'intérieur de sa tête qu'elle en avait besoin.

Ce fut une période exaltante. Chaque fois qu'elle rencontrait un mot nouveau, elle l'attrapait au lasso et le joignait au troupeau qu'elle regroupait dans son crâne. Il y avait ceux qu'elle comprenait, ceux qu'elle ne comprenait pas et ceux qu'elle sentait. Elle les utilisait tous, avec une préférence marquée pour les termes obscurs qui lui servaient dans les nombreux cas où l'histoire onirique dépassait l'entendement.

Quelle déception, le jour où elle sut que, par

exemple, se déplacer à tâtons ne signifiait pas se rendre en un lieu extraordinaire caché dans le noir ! Heureusement, ce genre de découverte pénible n'interviendrait que beaucoup plus tard. Là, elle vivait la fièvre de l'acquisition du langage, qui ne diffère guère de celle de certains collectionneurs d'art contemporain. Si elle entendait passer un terme fabuleux comme « tabouret » ou « escarpolette », l'excitation s'emparait d'elle. « Il me le faut, celui-là ! » L'acquisition supposait d'oser prononcer le mot inconnu à l'intérieur dc sa bouche. Cela nécessitait une audace folle car certains vocables déclenchaient des effets magiques imprévisibles. Ainsi, la première fois où Tristane prit le risque d'articuler intérieurement le nom « coccinelle », elle frissonna de plaisir ; et quand elle alla jusqu'à s'approprier le mot « arrosoir », la volupté la terrassa.

Elle devait avoir deux ans lorsqu'elle entendit sa mère dire à son père :

– C'est bizarre, la petite ne parle pas encore.

– C'est normal, non ?

– Non. Elle devrait dire maman ou papa.

Tristane éprouva une joie égale à sa surprise. On attendait d'elle quelque chose de magique : une action aussi puissante que parler ! Elle voulut les satisfaire aussitôt et s'aperçut que produire un son avec la voix, c'était autrement difficile que de s'en délecter en silence. Au prix d'un effort terrible, elle finit par voiser :

– Maman papa !

Florent et Nora écarquillèrent les yeux. Trois minutes ne s'étaient pas écoulées entre leur échange et le prodige. C'était donc que l'enfant avait compris. D'ailleurs, elle avait prononcé pile les mots spécifiés. Ils en oublièrent de la féliciter.

Au lieu de s'exclamer :

– Elle parle !

Ou, mieux encore :

– Tu parles !

Ils s'exclamèrent :

– Elle comprend !

Et ce que Tristane lut dans leurs yeux relevait de l'inquiétude. Comme si, désormais, ils allaient devoir veiller sur leurs déclarations en sa présence.

Florent finit par se rendre compte que si sa fille parlait, il ne fallait plus la désigner par la troisième personne du singulier dans la conversation.

– Depuis combien de temps est-ce que tu parles, ma chérie ?

Tristane ignorait les mesures de durée et ne put répondre.

Nora eut l'idée d'une autre question :

– Quelles autres choses es-tu capable de faire sans nous en avoir avertis ?

La petite décela une telle angoisse dans le ton maternel que, pour la rassurer, elle inventa une naïveté :

– La nuit, dans ma chambre, il y a des gens.

Les parents se regardèrent avec perplexité. Papa saisit soudain et rit :

– Non, il n'y a personne. Tu rêves. Ce qui se passe dans le rêve n'existe pas. N'aie pas peur.

Maman sourit. L'ordre du monde était rétabli. Les adultes détenaient la vérité et avaient le pouvoir de calmer les enfants. Du coup, on ne tarit pas d'éloges :

– Tu parles très bien. Bravo, Tristane !

Ils s'efforcèrent d'oublier que leur fille avait attendu d'y être invitée pour leur adresser la parole. Une politesse aussi démentielle aurait dû les renseigner sur le complexe de leur progéniture : la peur de déranger.

Nora avait une sœur très différente d'elle. On l'appelait Bobette. Plus personne ne savait de quel prénom cela constituait le diminutif. Bobette, à vingt-deux ans, avait quatre enfants. Si on lui demandait avec qui elle les avait eus, elle vous traitait de facho.

Elle habitait un logement social. Les quatre enfants dormaient dans la seule chambre et elle au salon. Après les avoir couchés, elle s'installait sur le canapé, devant le téléviseur. Au matin, les enfants retrouvaient leur mère endormie devant la télévision allumée, le cendrier plein et quelques bouteilles de bière vides.

À Noël, on allait chez mamie. Tristane adorait cette fête : elle aimait sa grand-mère et éprouvait une véritable passion pour sa tante. Celle-ci, surtout vers la fin du dîner, déclarait des choses extraordinaires :

– Je vais acheter un cheval !

ou

– Je vous invite tous au Maroc.

On ne lui répondait pas. La petite lisait dans les yeux de ses parents une bienveillance gênée qui lui rappelait celle que ses propres propos suscitaient parfois.

Tristane avait le même âge que l'avant-dernier rejeton de Bobette. On avait du mal à le croire. Jacky possédait pour unique vocabulaire le mot « Ouais », dont il abusait. Ses aînés, Nicky et Alain, lui posaient n'importe quelle question et s'esclaffaient en l'entendant répondre sempiternellement :

– Ouais.

Quand Bobette appela Cosette son quatrième enfant, Nora tenta de l'en dissuader :

– J'adore Victor Hugo, avait protesté l'accouchée.

– Quel destin lui prévois-tu avec un prénom pareil ?

– J'ai besoin que quelqu'un passe le balai chez moi.

La grande sœur n'insista plus. La situation était sans espoir.

Toujours est-il que tatie Bobette manifestait une admiration bruyante pour sa nièce. Elle ne manquait aucune occasion de s'écrier :

– Toi, Tristane, tu es un cerveau. Tu seras présidente de la République.

Bobette avait choisi Tristane comme marraine de Cosette.

– Elle n'aurait que deux ans de plus que sa filleule, avait objecté Nora.

– Pas grave. Je veux que ma fille ait la présidente de la République pour marraine.

Tristane était enchantée de sa filleule. Curieux spectacle que cette enfançonne tenant dans ses bras une nouveau-née avec des airs responsables.

Mamie aussi admirait Tristane, mais exprimait cette estime de façon plus mesurée :

– Toi, tu feras des études.

– Des études ! N'importe quoi !

– Bobette, comment veux-tu qu'elle devienne présidente de la République autrement ?

– Elle prendra le pouvoir, et puis voilà.

– Un coup d'État ? intervint Florent. Là, c'est toi qui es facho.

Tristane trouvait que tatie Bobette était pleine de caractère et qu'en sa présence on existait plus fort.

Quand elle rentrait en voiture avec ses parents, ceux-ci avaient sur tante Bobette des propos peu amènes :

– Ça ne s'arrange pas, ta sœur.

– Quel cas social ! Si au moins elle avait un peu honte, elle dirait moins de monstruosités.

– Non seulement elle n'a pas honte, mais elle est fière. Ta mère l'a éduquée si différemment de toi ?

– Elle a six ans de moins, c'était le petit bébé

à qui on donnait tous les droits. Après, à quatorze ans, elle avait l'air d'en avoir dix-huit.

– Mieux vaut un printemps hâtif que pas de printemps.

Tristane se demandait ce qui n'allait pas dans le comportement de sa tante. En secret, elle aurait voulu l'avoir pour mère. Nora disait :

– Tu te rends compte, tatie Bobette ne cuisine pas. Quand tes cousins ont faim, elle leur déclare que le frigo est plein. Elle leur donne le biberon pendant deux ans et ensuite elle laisse ses gosses se débrouiller.

Chaque fois que maman déclarait cela, la petite avait encore plus envie d'être la fille de cette créature étonnante. Pourtant, elle aimait profondément ses parents. Elle sentait en eux un déficit dont elle s'attribuait la responsabilité. « Si tante Bobette me connaissait mieux, elle serait moins enthousiaste à mon sujet », pensait-elle.

À deux ans et demi, Tristane commença l'école maternelle. L'expérience ne lui déplut pas. Elle aimait les activités proposées, surtout celles qui concernaient l'alphabet. Elle appréciait la sociabilité avec la maîtresse et les autres enfants.

– Votre fille est tellement sage, dit la maîtresse à maman. On ne l'entend pas.

– À la maison, c'est pareil, répondit Nora.

La petite entendit l'ambiguïté de l'éloge. « Mon problème, c'est que je ne dis rien. » Les élèves de sa classe ne cessaient pas de babiller. Tristane, elle, était incapable de parler comme un enfant. Elle jouait avec le langage mais uniquement dans sa tête.

Elle ne se rappelait pas la semonce paternelle

qui l'avait rendue ainsi. Florent non plus. D'ailleurs, cette situation arrangeait tout le monde, à part elle. Elle n'en souffrait pas, elle en éprouvait seulement un malaise diffus. Quelque chose en elle s'était tari à son insu quand elle venait de naître.

À trois ans, elle se rendit compte qu'elle lisait. Elle n'avait pas besoin pour cela de produire des sons avec sa bouche, comme les autres de sa classe. Il lui suffisait de saisir un livre, de l'ouvrir, de regarder les mots et ils déferlaient dans sa tête.

Un instinct l'avertit de ne pas s'en vanter. On la retrouva dès lors, à maintes occasions, le regard penché sur un livre déployé. Ses parents riaient :

– Ce qu'elle est drôle. Elle fait semblant de lire.

Elle ne les détrompa pas. Pour la première fois, on lui adressait un compliment sans demi-mesure. « Drôle » : voilà ce qu'il faudrait être.

Comment amuser papa et maman ? Ils riaient facilement – beaucoup plus facilement qu'elle –

et pas pour les mêmes motifs. Par exemple, Tristane trouvait tante Bobette très drôle. Les parents, eux, éclataient de rire devant certaines émissions télévisées où des marionnettes imitaient des hommes politiques. Semblablement, ils avaient trouvé leur fille drôle parce que, selon eux, elle faisait semblant de lire. Tristane en conclut que les adultes s'amusaient de la simulation.

Que pourrait-elle simuler d'autre, afin de susciter à nouveau ce rire qui lui avait tant plu ?

Elle marcha à quatre pattes, langue pendante, et aboya.

– Oh, le petit chien ! dirent les parents en riant.

Elle écarquilla les yeux et hulula.

– Oh, la petite chouette ! applaudirent les parents, hilares.

Elle s'allongea dans le canapé avec une cigarette imaginaire et une canette de bière fictive.

– Oh, tante Bobette ! dirent-ils en explosant de rire.

Là, Tristane eut honte. Honte que ses parents

soient si peu difficiles. Et honte de les avoir fait rire aux dépens d'une personne qu'elle aimait. Elle abandonna le désir d'amuser ses parents. C'était un souhait délétère.

Ce jour-là, elle saisit une feuille de papier et un crayon. « Je lis. Est-ce que j'écris ? » Il n'y avait qu'une manière de le savoir, c'était d'essayer. Elle courut se coucher par terre dans sa chambre, la tête au-dessus de la page vierge. La question qu'elle se posait la subjuguait : comment aller de la connaissance à la performance ? Une part d'elle ne doutait pas de sa compétence : il fallait juste lui frayer un passage. La notion de confiance en soi lui était étrangère, mais l'intuition lui susurra que la vertu nécessaire à cet exploit s'appelait l'audace et qu'elle n'en manquait pas.

L'audace ressemblait à la fois au feu et à la faim, elle se situait dans la poitrine. En respirant très fort, on l'attisait. Tristane réfléchit alors à un mot susceptible de susciter en elle un désir immense. Une fulgurance lui vint. Sans plus attendre, à main levée, en état d'hyperventilation et de concentration maximales, elle traça ce terme liminaire : pomme.

Elle n'interrompit à aucun instant son geste. Ensuite, elle le regarda et le reconnut : elle avait été capable de reproduire l'écriture cursive du livre de lecture. Le mot était si rond que c'était réellement une pomme, elle aurait pu y croquer. Elle ne savait pas qu'il s'agissait du fruit défendu, mais elle sentit qu'elle avait franchi une étape taboue.

Il ne fallait pas rechercher l'approbation des parents : ils n'auraient déjà pas supporté qu'elle lise, alors qu'elle écrive ! Tristane eut une bonne idée : elle se félicita elle-même. Cela avait beaucoup de sens de se prendre à témoin et de se dire : « Bravo ! »

Il ne s'agissait pas de se reposer sur ses lauriers. Un autre mot, vite. Elle repensa à une promenade pendant laquelle elle avait rencontré quelqu'un d'intéressant. Il s'agissait d'un mot qu'elle n'avait pas vu dans le livre de lecture. Un mot donc encore plus difficile. Il fallait le déduire à partir des vocables qu'elle avait vus. Elle écrivit : cha.

Quelle trouvaille ! En contemplant son œuvre, elle revoyait Mistigris. Le « a » lui sembla contenir l'œil doré du félin, le « ch » ronronnait comme lui. En proie à la fascination, elle ne s'aperçut pas que maman était entrée et l'observait.

– Qu'est-ce que tu regardes ? finit-elle par demander.

Tristane sursauta. Heureusement, le mot qu'elle venait d'écrire lui donna le pouvoir de retomber sur ses pattes.

– C'est la maîtresse qui a écrit ça.

– Elle a une écriture bizarre et une mauvaise orthographe.

– C'est quoi orthographe ?

– C'est qu'il y a un « t » au bout du chat.

Comment réagir à une allégation aussi obscure ? Tristane tira la langue.

– Tu as raison, dit Nora. Ce n'est pas de ton âge.

Maman partit vaquer à ses occupations.

Tristane avait eu chaud. Elle voulut ajouter un « t » au chat et puis elle songea que ce serait une erreur. Si sa mère tombait sur ce papier corrigé, elle serait compromise.

Désormais, elle vivrait dans la clandestinité. Elle décida qu'il n'y avait aucun mal à cela. Les parents ne lui disaient pas tout. Elle aurait le même droit. C'était de l'ordre de la gentillesse. Puisque la vérité leur déplairait, il valait mieux la cacher.

N'avaient-ils pas, peu de temps auparavant, fait beaucoup de bruit dans leur chambre ? Le lendemain, Tristane leur avait demandé l'origine de ce tintamarre. En guise de réponse, maman avait ri. L'enfant avait su qu'il ne fallait pas insister.

Elle aussi, elle aurait des secrets.

La maîtresse remarqua les compétences de Tristane.

– C'est ta maman ou ton papa qui t'a appris à lire et à écrire ?

– Non, c'est moi.

– Ils sont au courant ?

– Oui.

– Je pourrais leur proposer de te faire sauter une classe.

– Non.

– Pourquoi ?

– Je préfère rester avec vous.

– Tu ne t'ennuies pas ?

– Non. J'aime jouer avec les autres.

Madame Vernier réfléchit. Ce que Tristane appelait jouer avec les autres consistait plutôt à les regarder jouer ensemble. Après tout, elle avait le droit d'y trouver du plaisir. Néanmoins, elle tenta l'expérience :

– Et si tu allais dessiner avec Marie-Laure et Thierry ?

– Pourquoi ?

Sachant à qui elle avait affaire, la maîtresse eut la réponse préférée de l'intelligence :

– Pour voir.

La petite respira un grand coup et rejoignit les dessinateurs qui l'accueillirent sans rechigner. À cet âge, ne pas être repoussé par le groupe constitue une victoire considérable. Tristane commença sa vie sociale. Elle s'aperçut qu'on l'appréciait et en éprouva autant de joie que d'étonnement. Il n'y avait pourtant rien de stupéfiant à cela : elle était agréable, inventive, attentive et dénuée de sensiblerie. Quand on l'attaquait, elle riait.

Bientôt, elle prit des initiatives. Au lieu de se fondre dans les bandes les plus faciles, elle choisit les individus isolés. Elle élabora une technique d'approche : il s'agissait de s'asseoir par terre à proximité d'Untel et de s'atteler à une tâche quelconque. À mi-parcours, elle s'interrompait et appelait à l'aide :

– Dimitri, les nuages, c'est quelle couleur ?

ou

– Sandra, le toit en Lego, j'y arrive pas.

Tristane ne tarda pas à se passionner pour les êtres compliqués. Elle s'était longtemps représentée, sans le formuler, comme une personne à problèmes. Grâce à sa popularité inattendue, elle découvrit qu'il n'en était rien. Si elle était sortie si aisément de sa prostration, il n'y avait aucune raison de croire que d'autres cas fragiles résisteraient à l'intégration.

En fin de compte, à part chez elle, elle ne se sentait plus jamais exclue.

L'entourage de Florent et Nora commérait bon train.

– Ceux-là, à les voir, on croirait qu'ils sont en couple depuis seulement quinze jours.

– L'arrivée de la petite n'y a rien changé.

– Ils ont tiré le numéro en or : le genre de gosse sans histoires avec qui on n'a pas d'ennuis. À l'école, à la maison, elle est sage comme une image.

– Elle a quatre ans : ils pourraient lui faire un petit frère ou une petite sœur.

– Exactement : ils ne gagneront pas au Loto deux fois de suite.

On leur parla du drame de l'enfant unique. Il était prouvé que l'absence de fratrie constituait un terrain propice à la dépression. Par ailleurs, il valait mieux ne plus trop attendre. La fécondité de Nora ne tarderait plus à décliner.

Ces propos perturbèrent les parents. Nora n'avait pas tellement envie de revivre une grossesse et un congé maternité. Tristane voulait-elle un petit frère ou une petite sœur ? Elle lui posa la question.

L'enfant ouvrit des yeux démesurés en disant :

– Oh oui !

Elle qui aimait tant être la marraine de Cosette jubilait à l'idée de devenir mieux encore : une sœur.

Florent intervint :

– Si nous avons ce bébé, tu nous aideras ? Tu donneras le biberon la nuit ?

– Oui !

– Tu changeras ses langes ? demanda Nora.

– Oui !

Sentant que l'on doutait encore de sa bonne foi, Tristane déclara :

– Je voudrais que le nouveau bébé dorme dans ma chambre.

Convaincus, les parents se mirent à l'ouvrage.

Comme chaque hiver, on fêta Noël chez mamie. Florent se leva avant le dessert, réclama le silence, porta un toast et s'adressa à sa fille :

– Tristane, cette année, le Père Noël aura du retard. C'est à la fin de l'été que tu recevras ton cadeau : un petit frère ou une petite sœur.

La fillette poussa un cri d'excitation. Mamie applaudit.

– Vous êtes fous, décréta tatie Bobette. Avoir

un môme après une merveille comme Tristane, c'est de l'imprudence.

– La cantine se moque du réfectoire, dit Nora.

– Rien à voir. Mes mouflets ne sont pas des chefs-d'œuvre.

Les enfants écoutaient cette conversation sans comprendre. Mamie y coupa court :

– Allons, buvons à cette excellente nouvelle !

Pendant le retour en voiture, Tristane réfléchit :

– Pourquoi tatie Bobette ne se réjouit-elle pas de l'arrivée du bébé ?

– Elle a peur que tu t'occupes moins de ta filleule.

C'était donc ça.

– Vous pourriez m'envoyer chez elle jusqu'à l'arrivée du bébé. Je m'occuperais de Cosette.

Les parents échangèrent un regard. Tristane sentit qu'ils étaient tentés.

– Ma chérie, tu es sûre ? C'est un peu difficile, chez tatie Bobette.

– Elle habite à côté de l'école. Si j'ai un problème, j'appellerai la maîtresse.

L'argument, pour bizarre qu'il fût, parut les convaincre. À la maison, ils téléphonèrent à Bobette. Celle-ci poussa des cris de joie à l'idée de recevoir sa nièce. Tristane devina que la tante disait quelque chose comme : « Elle ne va pas trop vous manquer pendant tout ce temps ? » car papa répondit :

– Tu sais, Nora est très fatiguée par la grossesse. Ça la reposera de ne plus s'occuper de la petite.

La petite en question se surprit à penser que maman ne s'occupait pourtant pas d'elle et que son absence ne constituerait pas un repos. « Ils vont être contents sans moi », conclut-elle avec tristesse. Mais elle eut la sagesse de se dire que tatie Bobette, elle, serait trop heureuse de sa compagnie.

Quand on la conduisit chez sa tante, on la regarda comme si elle partait à la guerre. Nora devait avoir un peu mauvaise conscience car elle déclara :

– Si c'est trop dur, tu nous appelles. On viendra te chercher.

En vérité, Tristane adora son séjour de huit mois chez sa tante. C'est vrai qu'il y avait beaucoup à faire, mais tatie Bobette était géniale. Elle apprit à sa nièce à se servir de l'ouvre-boîte. Après, elle lui dit :

– Voilà ! Tu es la cuisinière maintenant.

Elle lui donnait chaque jour son porte-monnaie et lui demandait de choisir le repas du soir en rentrant de l'école. Tristane trouva cette responsabilité fabuleuse et prit son rôle très au sérieux. Au supermarché, elle achetait des boîtes de raviolis, de petits pois ou d'autres plats mystérieux. Dans la cuisine de tatie Bobette, elle ouvrait les boîtes et en chauffait le contenu. Elle mettait le couvert et appelait à table. Ses cousins s'asseyaient, émerveillés.

– Depuis que tu es là, nous mangeons chaud, la complimenta tatie. Qu'est-ce que tu cuisines bien !

Quand elle n'était pas à l'école, Tristane jouait avec sa filleule. Elle avait une passion pour Cosette, qui le lui rendait bien. Les garçons avaient des jeux de brutes, ils se poursuivaient pour se rosser. Tristane rapportait de l'école du papier et des crayons de couleur : elle apprit à la petite à dessiner. À force de voir les deux fillettes penchées sur leurs dessins pendant des heures, les trois cousins soupçonnèrent que cette activité pouvait présenter quelque intérêt et s'y essayèrent.

Tatie Bobette appelait régulièrement sa sœur :

– Ta fille est une merveille. Depuis qu'elle est là, les garçons ne se bagarrent presque plus. Cosette n'a jamais été si heureuse et la cuisine est rangée. Comme elle doit te manquer !

Tristane devina une réponse peu convaincante.

– Est-ce que tu veux lui parler ? D'accord. Je lui dirai. On t'embrasse.

Tatie raccrocha.

– Ta maman est trop fatiguée pour te parler. Tu lui manques beaucoup. Elle t'embrasse très fort.

Tristane se demanda en quoi parler au téléphone pouvait être fatigant.

Tatie Bobette, elle, parlait à sa nièce. Elles avaient de vraies conversations.

– Tristane, est-ce que les garçons, ça doit aller à l'école ?

– Oui. La preuve, ils y vont.

– Regarde leurs carnets de notes, tu changeras d'avis.

La nièce regarda et fronça les sourcils. Les notes étaient désastreuses.

– Moi, je crois que l'école, ce n'est pas pour les garçons, dit tatie.

Tristane réfléchit. Jacky était dans la même classe qu'elle. Non seulement il n'apprenait rien, mais il dérangeait tout le monde.

– Veux-tu que j'apprenne à lire aux garçons ? demanda-t-elle à sa tante.

– Tu ferais ça ? Oh ouais !

Bobette n'eut même pas l'air étonnée que sa nièce sache lire. Elle prêtait à cette enfant des pouvoirs sans limites.

Et c'est ainsi que la fillette de quatre ans et demi enseigna la lecture à Nicky, sept ans, à Alain, six ans, à Jacky, quatre ans et demi et, dans une moindre mesure, à sa filleule de trente mois, qui assista aux leçons avec une attention extrême.

De quelle méthode usa Tristane ? Difficile à préciser. Elle inscrivit le mot « ravioli » en grands caractères sur une feuille de papier et le donna à observer, expliquant lettre par lettre, puis demanda de le répéter. Elle saisit ensuite une boîte de conserve, gagnerait celui qui reconnaîtrait le mot en premier.

Le deuxième mot fut « bière », le troisième « télévision ». Les garçons éprouvaient une perplexité saine à l'égard de cette gamine. Agacés de l'admiration de leur mère pour cette cousine, ils ne voulurent pas se laisser distancer. Tristane avait à ce point compris ce mécanisme qu'elle s'en servit pour leur enseigner l'écriture.

– C'est comme le dessin, dit-elle. Si vous voyez que j'ai dessiné une maison, qu'est-ce qui vous empêche de la dessiner aussi ?

Avant la fin de l'année scolaire, le retard des deux aînés était rattrapé et Jacky avait cessé d'être uniquement la nuisance des maternelles.

Tatie Bobette raconta à sa sœur, au téléphone, les exploits de sa nièce. Nora écoutait d'une oreille distraite. Quand elle eut raccroché, elle dit à Florent :

– La mythomanie de ma sœur ne s'arrange pas. D'après elle, notre fille a appris à lire et à écrire à ses mômes.

Ils éclatèrent de rire et poursuivirent l'interminable lune de miel qu'ils dégustaient ensemble. Leur bonheur amoureux les empêchait de remarquer qu'ils délaissaient leur fille. Comment ce constat eût-il pu les effleurer ? Ils avaient à y opposer un argument volumineux : le ventre de Nora. N'étaient-ils pas de bons parents, d'avoir un deuxième enfant rien que pour leur premier ?

– Si c'est un garçon, nous l'appellerons Roland, dit-elle.

– Oui, j'aime beaucoup.

– Et si c'est une fille, Héloïse.

– Tu es sûre ? C'est joli mais un peu médiéval.

– Tu voudrais quoi, pour une fille ?

– Laetitia.

Le 9 août 1978 naquit Laetitia.

– Elle est belle et brune comme toi, sourit Florent.

Il alla chercher sa fille chez sa belle-sœur qui attendait impatiemment.

– Je t'emmène voir ta petite sœur.

Lorsque Tristane arriva dans la chambre d'hôpital, elle sut qu'elle était en train de vivre le moment clé de son existence. La sensation du sacré était si forte qu'elle avait du mal à respirer.

Entre les bras de maman, il y avait un bébé minuscule.

– Bonjour, Tristane. Je te présente Laetitia.

– Laetitia, répéta l'enfant, qui n'avait jamais rien entendu d'aussi beau.

– Tu veux la prendre ?

– Je peux ?

– Oui. C'est ta sœur. Je l'ai faite pour toi.

Le cœur battant à se rompre, Tristane

accueillit dans ses bras les trois kilos les plus précieux de l'univers.

Deux âmes se découvrirent et résonnèrent l'une en l'autre. Deux planètes s'alignèrent de manière si exacte que s'éleva, audible pour ces seules enfançonnes, une musique qui ne devait jamais s'assourdir. Ce phénomène mi-son mi-lumière se répercuta de l'une à l'autre soixante fois par minute et pour les siècles des siècles.

Tristane posa le bébé sur sa poitrine et regarda son beau visage. La nouveau-née entrouvrit les yeux et sourit.

– Elle ne te voit pas encore et sourire n'a pas de signification pour elle, dit Florent.

La petite fille n'entendait que la symphonie qui commençait. Elle savait que Laetitia vivait la même chose qu'elle. Les deux âmes ne cessaient d'échanger ce signal qui s'appelle l'amour.

Tristane aimait ses parents, sa tante et ses cousins. Ce qu'elle inaugurait en cet instant était d'une espèce autre. Il n'y avait pas plus étrange : il s'agissait de reconnaître ce que l'on connaissait le moins. Cela s'exprimait par un rayonnement oblique qu'elle avait l'impression de distinguer si elle plissait les yeux.

L'amour entre les deux sœurs n'était aucunement une transposition de l'amour entre Florent et Nora. Ce dernier appartenait à une catégorie, l'état amoureux, qu'il ne s'agit pas d'amoindrir. Entre Tristane et Laetitia se produisit l'amour au sens absolu, l'amour hors catégorie, un phénomène d'autant plus puissant que non répertorié. À la fois tout l'amour et toute la liberté, il échappait à l'altération des classifications.

Ainsi, Laetitia naquit dans la plénitude, quand Tristane la découvrit à l'âge de quatre ans et demi. Laetitia ignora que le cœur pouvait crever de faim, Tristane ne put jamais l'oublier. En même temps que leur amour apparut un hiatus : Laetitia n'aurait jamais l'angoisse de ne pas être aimée, Tristane la conserverait éternellement.

Un nouvel ordre du monde s'installa. Nora estimait avoir accompli son devoir à l'égard de la lignée – deux enfants, elle n'avait pas chômé – et à l'égard de Tristane. Inutile, désormais, de lui consacrer plus d'attention. Ni à elle ni à Laetitia. Pourquoi se serait-elle donné cette peine ? L'aînée ne quittait pas la cadette des yeux. C'était encore les vacances d'été, Tristane donnait le biberon, changeait les couches, berçait, consolait.

Florent téléphona à la maîtresse de la grande section de maternelle :

– Verriez-vous un inconvénient à ce que ma fille effectue sa rentrée dans six mois ?

– Madame Vernier m'a parlé de votre Tristane. Elle m'a dit qu'elle avait déjà le niveau du CP.

Les parents ne cherchèrent pas à savoir ce que cela signifiait et se réjouirent de cet accord.

– Tristane, tu ne retourneras pas à l'école avant le printemps. Tu t'occuperas de la petite.

La petite dansa de joie à cette excellente nouvelle.

Nora reprit le travail dès septembre. Le matin, le père et la mère partaient en voiture et laissaient leurs filles à la maison. La pensée que la présence d'un adulte pût être indispensable ne les effleurait pas. Tristane était tellement raisonnable. On ne lui connaissait aucune défaillance, aucune bêtise, aucun enfantillage.

– S'il y a un problème, tu me téléphones, disait maman chaque jour au moment de l'au-revoir.

L'aînée n'appela jamais. Quand elle avait des doutes, elle téléphonait à tatie Bobette. Elle savait que celle-ci ne pourrait pas l'aider, mais au moins elle s'adresserait à quelqu'un qui se souciait d'elle.

La tante ne s'offusqua pas de la décision de sa sœur et de son beau-frère.

– Ils ont raison, tu n'as aucun besoin d'aller à l'école.

– Faut-il coucher Laetitia sur le ventre ou sur le dos ?

– J'en sais rien. Tu mets le bébé dans le lit, il se tortichonne dans un sens, ou dans l'autre. C'est mon expérience.

Grâce à cette réponse singulière, Laetitia échappa au curieux diktat des pédiatres d'alors qui préconisaient de coucher les bébés sur le ventre, mauvaise habitude que les enfants avaient tendance à garder toute leur vie.

En dehors de ces questionnements, Tristane adorait ses tête-à-tête avec sa sœur. Il y avait toujours quelque chose de passionnant à faire ou à contempler. De se sentir observée en permanence par un regard si aimant, Laetitia devint exceptionnellement éveillée.

Le soir, quand les parents rentraient, papa plaisantait :

– Alors, mes chéries, vous avez préparé à dîner ?

Tristane riait par complaisance et par habitude, pour signaler ce que la demande avait d'incongru. Maman trouvait qu'elle était une bonne mère : le frigo et les placards regorgeaient de provisions.

Nora concoctait un repas, Florent mettait le couvert. Pendant ce temps, Tristane donnait le biberon à sa sœur, l'embrassait et la couchait.

– Ne t'inquiète pas, Laetitia. Je te rejoins très vite.

À table, on la questionnait à titre de formalité :

– Tout s'est bien passé ? La petite a été sage ?

Comme la fillette répondait toujours de manière aussi rassurante que neutre, on cessait rapidement de l'écouter. Quand elle était enfant unique, Tristane devait respecter la règle d'attendre la fin du dîner pour quitter la table. À présent, elle avait le meilleur motif pour demander à s'en aller dès qu'elle avait fini son assiette.

– Est-ce que je peux rejoindre la petite ?

Les parents acceptaient d'autant plus volontiers qu'ils aspiraient à reprendre leur perpétuelle idylle. Non qu'ils se gênent beaucoup en présence de leur fille pour se regarder dans les yeux, mais parce qu'une tierce personne de cinq ans empêche certaines déclarations.

Aucun spectacle ne réjouit tant que le sommeil de qui l'on aime. Si, de surcroît, le dormeur est un bébé, le bonheur se double d'un mystère : à quoi rêve-t-on quand on a trois mois ?

Tristane contemplait interminablement l'amour endormi. Elle retenait son souffle de peur de l'éveiller. Au prix d'un silence absolu, elle pouvait entendre la respiration infime : ce son ténu lui dilatait l'âme de joie.

Elle avait installé son lit un peu en hauteur, de manière à ne jamais perdre sa sœur de vue. Elle se couchait sur le côté, face à Laetitia. La veilleuse lui permettait de ne rien manquer de ce spectacle fascinant.

Le plus souvent, ce qui réveillait les petites, c'était le pas des parents dans l'escalier et leur arrivée dans leur chambre. Le moins qu'on pût dire, c'est qu'ils ne témoignaient pas la même discrétion que leur aînée. Parfois, celle-ci les entendait dire :

– Tu ne crois pas qu'on est trop bruyants pour les filles ?

– Penses-tu ! À leur âge, on roupille ferme.

Quand Laetitia ouvrait les yeux, elle n'éclatait pas en sanglots immédiats. Tristane la voyait réfléchir, comme si elle se demandait sur quel ton elle allait s'exprimer. Alors la grande sœur prenait la petite dans ses bras et lui mettait un doigt sur les lèvres :

– Chut ! Si tu pleures, papa et maman vont venir. Tu veux rester seule avec moi, n'est-ce pas ?

À croire que le bébé comprenait, il renonçait à pleurer. Tristane lui chantonnait alors à mi-voix des comptines de son invention, sur des airs sans queue ni tête :

– Papa et maman sont très gentils, mais ils préfèrent jouer ensemble, ils n'aiment pas les jeux des enfants, ils ont des drôles de jeux de grands, ils n'ont jamais été des enfants, nous ne serons jamais des grandes…

L'enfançonne, fascinée, béait de joie devant ces hymnes impertinents, parfois elle avait un rire coquin. Si elle avait faim, elle indiquait le biberon de la main. Tristane le lui donnait avec adoration. Laetitia buvait en regardant sa sœur au fond des yeux. La fillette lui faisait faire son rot puis la recouchait.

Il pouvait arriver que la nature du désagrément diffère. Le bébé le signalait par un glapissement caractéristique. Alors, Tristane changeait la couche, non sans avoir nettoyé les fesses rouges.

Les deux sœurs finissaient par dormir de concert. Rien ne sied tant à l'amour qu'un sommeil partagé. Dans la chambre des parents, un miracle semblable avait lieu : Florent enlaçait Nora en cuiller pour leur dormition d'époux. Pourtant, si profond fût leur contentement, il n'égalait pas celui des enfants endormies. Il s'y mêlait des platitudes, des anticipations, « chérie, demain, rappelle-moi de sortir les poubelles, on a oublié jeudi dernier ».

Les fillettes, elles, ne vivaient que l'instant présent. Dans la Genèse, il y eut un soir, il y eut un matin. Dans le temps de l'enfance, n'existe que maintenant.

Au milieu de la nuit, au moindre gémissement, Tristane s'éveillait. Les parents n'entendaient rien, comme le prouvaient les ronflements de papa. L'aînée traversait le mètre de distance qui séparait les lits et prenait la petite dans ses bras, la posant sur son cœur. Le plus souvent, le rythme cardiaque de Tristane suffisait à apaiser la benjamine. En un somnambulisme d'amour, la fillette chuchotait à l'oreille du bébé les paroles d'avant le langage, *la la la, mi mi mi*. Le message passait : tout va bien, je suis là, je veille sur toi.

Tristane était le capitaine du bateau. Aucun naufrage ne s'annonçait. Elle recouchait le petit mousse et puis s'allongeait sur sa couche. Cap sur le matin. On y arriverait toujours assez tôt.

Quand les rivages du jour apparaissaient, l'aînée se préparait à accoster. Elle préférait descendre avant les parents, histoire de rappeler qu'elle incarnait la personne responsable de la maisonnée. Son angoisse était qu'ils doutent d'elle. Comme elle se trompait de peur !

Elle savait que cette vie parfaite durerait un an. À cinq ans, un an, c'est l'infini. Elle n'envisageait pas un instant l'année suivante.

À table, il pouvait se produire que papa ou maman déclare, avec le sadisme inconscient de leur âge :

– L'an prochain, quand Laetitia sera à la crèche…

ou

– Lorsque Tristane entrera au CP…

La fillette serrait les dents et attendait que ça passe. Si on ne lui donnait aucune prise, cette peur disparaissait très vite.

Avec Laetitia, l'éternel retour de l'identique n'avait pas besoin d'être connu pour être vécu. Il faut avoir dépassé la prime enfance pour s'offusquer du quotidien. Les deux sœurs s'en délectaient dans les moindres détails.

Tristane ne tarda pas à remarquer le succès du comique de répétition avec le bébé. Un même gag reproduit trente fois d'affilée déclenchait à chaque fois une hilarité accrue. La fillette avait l'impression que le mécanisme du rire était ouvert à l'infini chez sa petite sœur. Elle ne s'arrêtait que quand elle avait le sentiment que Laetitia allait s'étrangler de rire.

En partant le matin, Nora laissait le téléviseur allumé « pour que les filles ne se sentent pas seules ». Elle pensait que Tristane s'installait devant le poste pendant les siestes de sa sœur. En vérité, dès le départ des parents, l'aînée éteignait la télévision. Elle la rallumait un peu avant leur retour afin de les rassurer : la surveillance télévisuelle leur procurait une agréable illusion de contrôle.

Couchée sur le tapis du salon avec Laetitia, Tristane explorait l'univers sous la forme d'un jouet. Les mystères de la toupie les fascinaient, comme l'énigme du cheval à bascule. Il y avait aussi les créatures de volupté, telles que le lapin en peluche ou la poupée de chiffon. La grande sœur comprenait que la petite y plante les dents : tant de séduction appelait la morsure.

Du haut de son âge, elle révéla quelques secrets à la benjamine : par exemple, le délice de mâchonner une serviette lavée peu de temps auparavant. Maman mettait souvent du linge à sécher sur des fils tendus dans la cour. Tristane portait le bébé en ce lieu magique où régnait une odeur étonnante. Si les draps étaient encore mouillés, le goût de lessive se sentait davantage. Merveille ! La curiosité exigeait de pousser plus loin l'expérience de dégustation : il fallait essayer les chaussettes, les chemises, les torchons, les gants de toilette. Par ailleurs, il valait mieux se livrer à ce jeu le matin, histoire que les traces de salive aient le temps de sécher avant l'arrivée des parents.

Ce que Tristane préférait, c'étaient les siestes. Elle couchait le bébé, le bordait, s'allongeait sur son lit et chantait des berceuses de son invention. Voir Laetitia sombrer dans le sommeil l'hallucinait de plaisir. L'impression de contribuer au passage de sa sœur dans l'autre monde l'emplissait d'une émotion infinie.

Elle restait là, à guetter le visage de l'endormie, essayant d'imaginer ce que cachaient les paupières si joliment baissées, de partager la pâmoison de la ravissante bouche entrouverte. Parfois, la petite bougeait ses poings fermés. Tristane imitait ses gestes dans l'espoir de la rejoindre. Il pouvait lui arriver de siester aussi.

Venait alors ce moment exquis entre tous : se réveiller ensemble. Échapper de concert au charme, se sentir à la fois alourdie et améliorée, empesée d'une charge de douceur, et étreindre la sœur dans le même état que soi, saisissement conjoint de l'autre et de l'identique. Un tel instant se savourait très longtemps.

Descendre l'escalier avec le poids sacré dans ses bras. « Nous sommes chez nous. » Si un territoire appartient à qui l'occupe le plus, à qui en jouit et en connaît les possibilités les plus insoupçonnées, les fillettes étaient à coup sûr chez elles. Elles possédaient la maison au double sens du terme. Cette demeure on ne peut plus ordinaire était possédée par la magie que les enfants y installaient.

Qu'est-ce qu'habiter un lieu ? C'est lui insuffler son âme. Un enfant peut s'attacher au logement le plus inepte par sa capacité à spiritualiser n'importe quoi. Si vous voulez que votre cuisine devienne un endroit légendaire, aimez-la, persuadez-vous que les bonheurs que vous y avez vécus lui doivent leur source. D'ailleurs, c'est la vérité.

Dans la salle de séjour, il y avait un jeu d'échecs. Les parents y jouaient souvent. Tristane ne connaissait pas les règles, mais elle installait régulièrement la chaise haute du bébé à côté du jeu et se mettait en face d'elle. Elle montrait les pions à Laetitia, lui permettait de les goûter pourvu qu'elle n'en abuse pas, puis les disposait au hasard sur l'échiquier. La petite sœur poussait des hurlements de rire que la grande partageait. Simuler à deux une partie d'échecs les amusait tant que, lorsqu'elles surprenaient les parents en train d'y jouer pour de vrai, elles devaient s'empêcher de rigoler.

Un soir que Tristane avait oublié de ranger les pions, Florent l'interrogea sur sa pratique des échecs.

– Je fais semblant, répondit-elle.

– Veux-tu que je t'apprenne ?

Elle acquiesça. Il commença par lui expliquer longuement le meuble :

– Une table d'échecs, c'est rare. C'est mon père qui l'avait achetée dans une brocante. Ça a de la valeur. Papa s'intéressait beaucoup aux échecs. C'était un excellent joueur. Il invitait des as pour le défier. On peut dire qu'il est mort à cause des échecs. Sa maison brûlait, il n'a pas remarqué. Il jouait avec ma mère qui était aussi concentrée que lui. Personne ne sait qui gagnait. L'incendie a tout détruit, sauf l'échiquier et les pions, qui sont ignifugés.

– Ignifugés ?

– Qui résistent au feu.

– Grand-père t'avait appris ?

– Un peu.

Il enseigna à sa fille les règles. Elle retenait à la première écoute et manifestait une excitation profonde.

Plus tard, il vit son aînée avec le bébé dans les bras. Elle lui expliquait le mouvement des pions.

Florent en conçut de l'irritation et dit :

– Tu as fini ton numéro de petit génie ?

Tristane s'arrêta net et se raidit. Son père ne sut jamais combien cette parole pesa.

Le lendemain, elle constata qu'elle voyait mal. Elle en parla à sa mère, qui la conduisit chez l'oculiste. Il diagnostiqua une myopie sévère. Dès ce jour, la fillette porta des lunettes. En son for intérieur, elle associa cette infirmité à la honte qu'elle avait éprouvée quand son père lui avait adressé cette remarque acerbe.

À la rentrée 1979, Tristane commença le CP et Laetitia alla à la crèche.

Ce dernier point fut douloureux. La petite eut beaucoup de mal à admettre ce mode de vie.

Elle pleurait presque tous les jours et appelait sa sœur.

En fin d'après-midi, quand les fillettes se retrouvaient, Laetitia se calmait enfin. L'aînée lui expliquait que la séparation était inévitable et temporaire.

– Ce qui compte, c'est d'être ensemble le soir, le matin et les jours de congé.

Tristane souffrait, même si elle le cachait afin d'épargner sa sœur. À l'école, à sa concentration de bonne élève se mêlait une angoisse constante : comment Laetitia supportait-elle cet arrachement ?

Elle se rappelait qu'elle-même avait apprécié la crèche. Mais cela n'avait rien à voir. Pour elle, la socialisation avait constitué un progrès par rapport au tête-à-tête gênant avec sa mère.

Heureusement, les sœurs disposaient d'assez de temps l'une pour l'autre. L'aînée découvrit l'art d'expédier les devoirs et les leçons. Ainsi, elles pouvaient recréer chaque soir leur bulle édénique.

Laetitia vénérait sa sœur, qui était sous son charme, et inversement.

– Est-ce que toutes les sœurs sont comme ça ? demanda un jour Florent à Nora.

– Non. Bobette et moi, c'était comme chien et chat.

La première fois que tante Bobette vit Tristane avec ses lunettes, elle applaudit :

– Tu as l'air encore plus intelligente comme ça.

La nièce en conçut du soulagement.

– À l'école, un garçon de la classe m'a traitée de crapaud à lunettes.

– Il est jaloux, affirma tatie.

Quand Bobette voyait ses nièces ensemble, elle écarquillait les yeux.

– Les miens se chamaillent du matin au soir. Comment tu as réussi ce coup-là ? demanda-t-elle à Nora.

– Je n'en ai aucune idée.

– J'ai peur que Tristane se consacre moins à sa filleule maintenant.

Elle se trompait. Pendant les fêtes de famille,

la jeune marraine eut à cœur de faire entrer Cosette dans leur idylle. Elle inventa à cette fin une méthode habile. En l'absence de sa filleule, elle parlait d'elle comme d'un personnage prestigieux. Elle ne disait rien d'inexact, elle se contentait de présenter les choses sous un aspect mythologique :

– Tu imagines comme ce doit être difficile d'être la seule fille avec trois terreurs de grands frères. Eh bien, Cosette les mène à la baguette. Elle est plus maligne qu'eux, elle leur raconte des trucs énormes et ils marchent. Une nuit où ils l'empêchaient de dormir, elle les a menacés du monstre caché sous son lit : « Il s'appelle Brol et il m'obéit. Si je lui commande de vous dévorer, vous allez voir. »

Laetitia avait beau n'être qu'un bébé, elle comprenait. Elle vouait un culte à celle qu'elle appelait Gosette, ce qui, dans le nord de la France comme en Belgique, désigne le chausson aux pommes.

Cosette fondait pour sa cousine. Les trois

fillettes prenaient le thé ensemble dans la dînette en plastique.

– Madame Tristane, votre fille est très sage. À un an et demi, elle boit déjà dans une tasse !

– Merci, madame Cosette.

– Gozette !

– Mais sa manière de réclamer son goûter est encore impolie.

Laetitia avait un vocabulaire déconcertant. Ni papa ni maman. Ses parents auraient pu s'en vexer, s'ils l'avaient remarqué. Elle disait des choses comme : « Tristane, tu me manques », ou : « Vivement ce soir ! » Dès qu'elle croisait un individu qui portait des lunettes, elle le désignait du doigt avec indignation : « Lunettes Tristane ! » criait-elle, estimant qu'on avait volé à sa sœur son attribut.

Diplomate, Tristane enseigna à la petite le nom des adultes qui vivaient sous son toit. Ainsi, à deux ans, les salua-t-elle d'un tonitruant : « Papa et maman ! ». Ils ne s'en émurent pas outre mesure :

– C'est normal, elle a l'âge.

Ils déchantèrent quand ils s'aperçurent qu'elle ne divisait pas leur identité. Si elle croisait Nora, elle lui disait « papa et maman ». Idem pour Florent. Tristane se demanda si elle n'avait pas réduit cet ensemble à un seul élément. Dans l'espoir de les rassurer, elle leur fournit une explication :

– C'est parce que vous êtes inséparables.

– Avec un argument pareil, on pourrait t'appeler Tristane et Laetitia.

– J'adorerais.

Les hostilités en restèrent là. Tristane n'était pas la première de sa classe, elle était la première de l'école. À sept ans, elle écrivait et calculait mieux que les CM2. Elle refusait d'autant plus obstinément de sauter une classe qu'elle refusait de creuser l'écart entre sa sœur et elle.

De plus, à ses yeux, l'intérêt de l'école était social. Elle se passionnait pour le cas de chaque enfant. Non seulement elle veillait à la bonne entente générale, mais elle accordait une attention fascinée aux cas particuliers.

Au CP, il y avait un garçon obèse. Habitué aux moqueries, Sören la menaça d'emblée :

– Je vais casser tes lunettes.

– Dommage. Sans elles, je ne te verrai pas.

– Tant mieux !

– J'adore te regarder.

– Tu aimes les gros ?

– Tu n'es pas gros. Tu as l'air d'un zeppelin.

– C'est quoi ?

– Le ballon qu'on voit dans le ciel avec une marque de pneus dessus.

Perplexe, le gosse insista :

– Je ne suis pas un pneu.

– Non, tu es le zeppelin. Un jour, tu pourras voler. Tu m'emmèneras ?

C'était toujours elle qui allait vers les autres et jamais l'inverse. Une part d'elle en souffrait. Elle eût aimé savoir comment c'était, d'être convoitée. À la réflexion, l'unique personne qu'elle n'avait pas dû séduire, c'était tatie Bobette. Elle lui téléphona :

– Tatie, tu m'as toujours aimée ?

– Dès que je t'ai vue.

– Pourquoi ?

– Comment ça, pourquoi ?

– Les gens ne m'aiment pas automatiquement.

– C'est les lunettes.

– Non, c'était déjà comme ça avant. Les gens m'aiment si je vais les chercher.

– C'est bien.

– Oui. Mais pourquoi on ne me cherche pas, moi ?

Tatie finit par trouver une explication :

– Tu es tellement intelligente. Ça fait peur.

Tristane essaya de se satisfaire de cette réponse. Hélas, elle entendit, à travers la cloison, cet échange entre ses parents :

– Dommage que Tristane ne soit pas plus jolie, dit maman.

– Pourquoi penses-tu ça ? Elle est très jolie. Elle est fine, elle a un beau visage, des cheveux magnifiques, ses lunettes lui vont bien.

– Tu as raison. Je me suis mal exprimée.

– Quel est le problème ?

Nora mit du temps avant de formuler :

– C'est une petite fille terne.

– Pas du tout. Elle est brillante, séduisante…

– Oui, je sais. Quand on la découvre, elle est extraordinaire. Mais ça ne se voit pas. Elle a l'air d'une petite fille terne.

Tristane retint son souffle, dans l'espoir que son père proteste. Elle eut beau tendre l'oreille, elle n'entendit rien d'autre que le bruit des baisers et des caresses dont ses parents étaient prodigues avant de s'endormir.

Il n'y avait que deux possibilités : soit papa était d'accord avec le terrible verdict, soit il estimait avoir suffisamment parlé d'un sujet à ce point moins important que la célébration de leur amour. Soit les deux à la fois.

Laetitia dormait profondément. Sur la pointe des pieds, Tristane alla dans la salle de bains, chaussa ses lunettes et regarda son reflet dans le miroir. Elle n'y aurait jamais songé d'elle-même et pourtant sa mère l'avait judicieusement dit : « Petite fille terne. »

« Terne ». Quel adjectif affreux ! Il n'existait

aucune manière agréable de l'entendre. Et comme c'était juste ! Elle n'avait, en effet, aucun éclat. La justesse de la parole maternelle la cloua sur place.

Petite fille terne : c'était sans espoir. Une petite fille grosse peut mincir. Une petite fille laide peut embellir. Que peut-il arriver à la petite fille terne ? Comment son absence d'éclat pourrait-elle s'inverser ? Elle savait que son comportement n'y changerait rien puisque, comme l'avaient souligné ses parents, elle agissait depuis toujours de manière remarquable, sans que le moindre éclat ne l'en récompense.

Elle essaya d'analyser la source du drame. Ce qui brille dans un visage, ce sont les yeux. Les siens luisaient normalement et les lunettes répercutaient cette lumière. Alors ?

Tristane recourut à la comparaison pour comprendre. À qui se mesurer sinon à sa sœur ? Aussitôt, lui apparut le regard pétillant de Laetitia. Ensuite, elle compara avec son propre regard dans la glace et fut forcée de constater que cela ne pétillait pas.

Pourrait-elle y remédier ? Elle s'efforça d'injecter des étincelles et des paillettes dans son regard. En vain. Ce qui empêchait ses yeux de pétiller, c'était une très profonde tristesse.

« Pourquoi suis-je si triste ? » s'interrogea-t-elle. La réponse jaillit en son cœur. Elle avait toujours été triste parce que ses parents n'avaient jamais cessé de faire bande à part. Rien, dans leur attitude, n'indiquait qu'ils aient besoin d'elle, qu'elle soit l'essentiel de leur vie.

Terne : adjectif moyen, à la mesure de sa tragédie. Ce n'était pas que papa et maman ne l'aiment pas, ou soient méchants, ou la battent, ou qu'elle leur soit indifférente. C'était pire. Que peut-on contre la tiédeur ? Rien. Cela ne crie pas vengeance au ciel. C'est une souffrance médiocre.

« Ils sont pareils avec Laetitia. Or, Laetitia n'est pas terne, ses yeux pétillent. Pourquoi ? » Là encore, la réponse ne relevait pas du mystère. La petite sœur, elle, n'avait pas passé les cinq premières années de son existence dans une espèce de néant, parce que Tristane était là qui l'avait couvée d'amour et entourée d'attentions dès sa naissance. Laetitia s'était éveillée à la vie dans les meilleures conditions grâce au regard constant d'une grande sœur fervente.

Tristane éprouva de la joie à l'idée d'avoir évité à Laetitia sa traversée du désert. L'instant d'après, son chagrin la rattrapa : elle sut que son état était irrémédiable. Rien ne pouvait corriger ce que cinq ans de tiédeur subie avaient installé en son âme. On n'avait pas allumé au fond de ses yeux le brasier d'amour des premières années. Pour elle, il serait toujours trop tard.

« J'ai huit ans et je sais que je suis terne et que ça ne va pas s'arranger », pensa-t-elle. Quelque chose se révolta en elle : « Maman a dit que j'avais l'air d'une petite fille terne. Eh bien, ce n'est qu'un air. Cela veut dire que je sais simuler et c'est un atout. »

Cela lui remonta un peu le moral. Mais, les apparences ne plaidant pas en sa faveur, elle devrait éternellement se battre contre cette fatalité. Elle comprenait aussi que si les gens ne venaient pas spontanément vers elle, c'était à cause de son absence d'éclat. Sans doute valait-il mieux l'accepter, histoire de ne pas ajouter à sa tristesse latente l'absolu du désespoir.

Elle alla se recoucher. Les mots « petite fille terne » la hantaient comme une comptine sinistre. Elle sut que ce serait sa faille, que même vingt ou quarante ans plus tard, il suffirait de ces trois mots pour la clouer au sol. « Chaque âme a sa blessure, voici la mienne », décréta-t-elle. Il est rare de posséder à huit ans une si rude sagesse.

Désormais, à chaque rencontre, elle scrutait les yeux des gens à la recherche des étincelles qui la distingueraient. Quand un regard ne pétillait pas, elle souffrait de cette connivence discrète. Ce que ses yeux avaient perdu en feu, ils le gagneraient en profondeur.

Laetitia grandit et se mit à observer le monde avec curiosité. Quand quelque chose la dépassait, elle interrogeait sa sœur. La maternelle jouxtait l'école de Tristane. À la récréation, elle pouvait aller voir la petite, qui se jetait dans ses bras.

– Moi, ma grande sœur, je la déteste, elle fait rien que me disputer, lui dit Magali, ahurie devant le spectacle de ces embrassades.

Et comme Laetitia s'en étonnait, elle poursuivit :

– Heureusement qu'il y a maman pour l'empêcher de me frapper.

– Ma petite sœur, c'est pareil, dit Blandine.

Laetitia découvrit ainsi qu'une sœur n'était pas forcément un ange protecteur. Elle apprit également que les parents intervenaient dans les fratries pour rétablir la paix.

Les fillettes rentraient ensemble de l'école à pied. C'était l'occasion de longues conversations.

– Tu sais, commença la cadette, toutes les sœurs ne sont pas comme nous. Magali a une méchante grande sœur et Blandine une méchante petite sœur.

– On a de la chance, n'est-ce pas ?

– Magali a dit que sa maman les séparait. Tu te rends compte ?

– C'est terrible.

– Tu crois que maman voudra nous séparer un jour ?

– Jamais.

– Comment tu peux en être sûre ?

– Maman n'y penserait pas.

– Pourquoi ?

Laetitia était à l'âge vertigineux des pourquoi.

– Parce que maman a d'autres soucis que nous.

– Et papa ?

– Pareil.

La petite réfléchit.

– Est-ce que nos parents sont gentils ?

– Très gentils.

Tristane comprenait où sa sœur voulait en venir. Elle fut rassurée que le questionnaire s'arrête là.

À la maison, l'aînée préparait deux bols de lait au chocolat. Le goûter était un moment parfait. La vie idéale reprenait.

– Les enfants de ma classe, quand ils rentrent de l'école, ils regardent la télé.

– Ceux de ma classe aussi. Tu as envie de la regarder ? demanda Tristane.

– Non. Je préfère jouer avec toi.

Elles passaient des heures à dessiner ensemble. Parfois, elles se donnaient une consigne : un cheval, un train, une voiture. Chacune exécutait de son côté sa version du thème. Ensuite, on confrontait les œuvres. Cela occasionnait des éclats de rire mémorables.

– Pourquoi il y a du jaune sur la portière de ta voiture ?

– Parce que l'enfant a vomi par la fenêtre.

D'autres fois, elles s'attelaient à deux à une fresque : une école, un Noël. Elles se concertaient quant aux détails :

– Est-ce qu'on allonge tatie Bobette dans le canapé ?

– Ça dépend si c'est le début du dîner ou la fin.

Tristane surveillait l'heure. Quand approchait le retour des parents, elle allumait la télévision, en coupant le son pour que cela ne les dérange pas.

Un jour, Laetitia lui demanda la raison de ce dispositif. L'aînée répondit :

– Ça rassure papa et maman.

– Pourquoi ?

– Ils pensent que la télé nous garde.

– Même s'il n'y a pas le son ?

– Oui.

– Ils imaginent que la télé est magique ?

– Oui.

La petite ouvrit des yeux consternés, comme

si elle prenait conscience de la débilité mentale des parents. Tristane rit et ajouta :

– Laisse-leur leurs illusions.

– C'est quoi, illusions ?

– C'est de croire quelque chose de joli et de pas vrai.

– Pourquoi ?

– C'est agréable.

– J'aime pas.

– Tu as raison. Mais certaines personnes en ont besoin.

De retour à la maison, Nora rétablissait le son de la télévision. Or, elle ne s'asseyait jamais devant le poste avant l'après-dîner. Laetitia finit par lui demander pourquoi elle avait besoin du son de la télévision.

– Ça fait une présence, répondit maman.

– C'est quoi, présence ?

– C'est comme s'il y avait quelqu'un.

– Il y a quelqu'un.

– Tu as raison, je ne peux pas t'expliquer. Mamie dit pareil que moi.

Tristane trouva que le comportement de tatie Bobette avait beaucoup plus de sens. Chez elle, le téléviseur était allumé sans cesse parce que Bobette le regardait continuellement. Elle connaissait toutes les émissions et tous les présentateurs. Elle entretenait une correspondance avec son animateur préféré.

Comme cadeau de Noël, Tristane suggéra à Nora de lui offrir une effigie de sainte Claire.

– Qu'est-ce que c'est que cette bigoterie ? demanda sa mère.

– J'ai appris que Claire était la sainte patronne de la télévision, répondit Tristane.

– Est-cc que son martyre a consisté à regarder des émissions indigentes jusqu'à ce que mort s'ensuive ?

Personne ne sut la raison d'un patronage aussi étonnant. Bobette reçut bel et bien l'icône exigée, qui trôna désormais près du téléviseur avec les photos dédicacées de son animateur préféré.

Quand Laetitia commença le cours préparatoire, elle s'aperçut qu'une sacrée réputation l'avait précédée.

– Tu es la sœur de Tristane, disait-on, comme on eût dit qu'elle appartenait à une dynastie suprême.

C'était à double tranchant. Heureusement, elle eut l'intelligence de bien le vivre. Elle ne s'offusqua pas du peu d'étonnement que suscitèrent ses connaissances innombrables. Oui, elle lisait et écrivait depuis deux ans déjà. Elle ne trouvait pas qu'elle y avait un mérite particulier et elle avait placé son orgueil en de plus hauts parages.

Lorsqu'elle voyait des enfants qui ne parvenaient pas à apprendre à lire, elle n'éprouvait aucun sentiment de supériorité. Elle comprenait que les malheureux n'étaient pas frères ou sœurs de Tristane.

Du reste, Laetitia avait aussi des talents dont sa sœur était dénuée : elle excellait en gymnastique et en musique. Elle demanda à suivre des cours de guitare. Tristane s'en émut :

– De la guitare ? Pourquoi pas du piano ?

– Je veux devenir chanteuse de rock.

La grande sœur admira ce propos dans la bouche d'une enfant de six ans.

D'une manière générale, Laetitia était pétillante, pleine de vie. Elle avait un côté trublion, elle pouvait se montrer insolente. La maîtresse disait alors la phrase consacrée, mais sur un ton très différent :

– Tu es la sœur de Tristane.

L'air de dire que la petite aurait dû hériter de la sagesse de l'aînée. Celle-ci, à onze ans, souriait de la comparaison. Elle en éprouvait aussi un peu de honte : elle s'en voulait d'être sage. Il ne lui semblait pas avoir choisi cette disposition. Elle aurait voulu être capable d'impertinence et vénérait sa sœur pour ses exploits.

Au fond d'elle-même, cela lui rappelait le terrible verdict : « Petite fille terne. » Ce que l'on nommait sa sagesse n'était qu'une manière positive de désigner son talon d'Achille. Hélas, comment échapper au terne, quand c'est sa nature ? « Ce n'est pas ma nature, pensait-elle. C'est juste parce que j'ai grandi seule. »

– Papa et maman s'occupent moins de nous que les autres parents, lui dit un jour Laetitia.

– Ils travaillent.

– La plupart des parents travaillent. Ça ne les empêche pas de s'occuper plus de leurs enfants.

– Tu voudrais que nos parents s'occupent plus de nous ?

– Je ne sais pas. Je voudrais que papa et maman soient normaux.

Cette réponse amusa Tristane :

– Si les parents s'occupaient plus de nous, nous serions moins ensemble, toi et moi.

Laetitia réfléchit.

– Tu crois qu'ils nous aiment ?

– Bien sûr, répondit Tristane.

– Tu crois qu'ils nous aiment assez ?

– Ça veut dire quoi, aimer assez ?

La petite adressa à l'aînée un regard courroucé. Celle-ci s'aperçut qu'à force de nier le problème, elle donnait des gages de mauvaise foi. Elle respira profondément avant de déclarer :

– Écoute, Laetitia, nos parents ont quelque chose de spécial. Ils s'aiment.

– Ils aiment qui ?

– Eux. Ils sont amoureux l'un de l'autre.

– Oui, ils sont mariés.

– Non, c'est plus compliqué. Regarde les autres gens mariés. Très vite, ils ne sont plus si amoureux. Ils vivent ensemble, c'est tout. Nos parents sont amoureux comme des fiancés.

Laetitia examina ces informations puis elle dit :

– Les parents de mon amie Pauline, eux, ils divorcent.

– Oui. Ça arrive. Pour Pauline, c'est difficile. Ton amie préférerait avoir des parents comme nous.

Cette conclusion parut recevable à Laetitia qui finit par dire :

– Les autres sœurs, elles ne s'aiment pas autant que nous. Les autres parents, ils ne s'aiment pas autant que les nôtres.

– C'est une bonne façon de voir les choses.

– J'ai envie de me marier avec toi.

– D'accord. On va se marier en secret.

– Pourquoi en secret ?

– C'est interdit. On ne peut pas se marier avec son frère ou sa sœur. Ça fait des enfants monstrueux.

– On en fera pas.

– Tu as raison.

Tristane organisa une cérémonie secrète. Elle confectionna un gibus en carton pour sa sœur, se procura deux anneaux en plastique et emprunta un rideau de voile blanc qu'elle accrocha à sa tête. Ventriloque schizophrène, elle fut à la fois le prêtre et la mariée.

Laetitia apprécia son mariage. Elle ne s'interrogea pas sur la distribution des rôles, évidente. Tristane y songea un peu. Sa sœur était une ravissante petite fille, impossible à confondre avec un garçon. Pourquoi lui attribuer le rôle du marié ? Laetitia s'affirmait davantage, n'avait pas de complexes, elle fonçait.

Un jour qu'elles jouaient aux échecs, il se

passa une chose terrible. Tristane gagnait comme d'habitude. Soudain, Laetitia poussa un cri de rage. Elle jeta les pions par terre et courut dans la chambre.

L'aînée l'y suivit et lui demanda ce qu'elle avait.

– Je ne veux plus jouer avec toi !

– Ce n'est qu'un jeu.

– Je divorce !

Tristane s'efforça d'en rire, mais elle en éprouva une douleur véritable. Elle avait trop d'estime pour sa petite sœur pour la laisser gagner : elle savait qu'elle deviendrait réellement plus forte qu'elle plus tard. Jouer pour de vrai constituait à ses yeux le plus sûr moyen de renforcer l'intelligence de Laetitia. Elle n'avait pas imaginé que celle-ci ressentirait des blessures d'amour-propre.

Les deux sœurs se disputaient très peu. C'était toujours la petite qui manifestait son hostilité et puis qui cessait. Pour Tristane, ces brefs et rares conflits étaient une souffrance sans bornes. Elle savait qu'il fallait laisser l'initiative de la paix à Laetitia et l'attendait de bonne grâce. Il n'empêche qu'à chaque fois son cœur en gardait une cicatrice.

Suite à l'affaire des échecs, la cadette bouda jusqu'au lendemain. Ce fut son record. Pour la première fois, elle laissa l'aînée dormir là-dessus, et donc ne pas dormir.

Tristane passa une nuit d'enfer, d'autant qu'elle entendit sa sœur trouver le sommeil aussitôt. Elle s'en voulut sincèrement : « Cinq ans de différence, c'est beaucoup. Je ne me rendais pas compte. La petite a dû se sentir humiliée. Et si elle ne m'aimait plus jamais ? Je préférerais mourir. »

Les peines nocturnes coûtent mille fois plus cher. La fillette de onze ans eut l'impression de traverser un océan de souffrances. Au matin, elle était si ravagée qu'elle avait mal dans les os.

Laetitia se réveilla, fraîche comme une rose.

– Tu divorces toujours ? demanda l'aînée.

– Non. Que tu es bête !

La petite sauta dans le lit de la grande et l'attrapa dans ses bras. Tristane aurait voulu lui demander de ne plus jamais la traiter si durement, lui parler de ce qu'elle avait enduré pendant son insomnie, mais la joie déferla si fort en elle qu'elle y renonça. Elle sut, pourtant, qu'elle venait de découvrir en elle une fragilité qui la mettrait à la merci de situations délétères. Bah ! Qu'est-ce que Laetitia pourrait y comprendre ? Elle n'avait que six ans.

Alors Tristane s'adonna corps et âme à ce bonheur ineffable : serrer sa sœur contre soi.

Le 2 décembre 1985, tante Bobette estima que sa vie était un échec.

À 23 heures 31, couchée devant la télévision, la table basse jonchée de canettes de bière vides, le cendrier débordant, elle se livra à ces sombres pensées : « J'ai trente-deux ans, quatre gosses, pas d'avenir. Je ne sais pas ce que je voulais, ni ce que je veux. Pas ça. Il ne va rien m'arriver de bon. Plus exactement, il ne va rien m'arriver. »

Bobette avait un rhume, ce qui lui tapait sur le système. Elle décida d'en finir. Au prix d'un effort considérable, elle se traîna jusqu'au four, en ouvrit la porte et alluma le gaz. Ensuite, elle alla se laisser tomber sur la banquette et s'endormit aussitôt.

Au réveil, elle avait oublié. Le rhume l'avait

privée de son odorat, elle ne sentit pas le remugle du gaz qui emplissait la pièce. Son premier geste consista, comme chaque matin, à allumer une cigarette.

L'appartement explosa.

Par bonheur, Bobette habitait un dernier étage. Les dégâts n'affectèrent que son habitation. Ni morts ni blessés. Un miracle.

Il n'empêche que tante Bobette n'avait plus de logement. Et si ce n'était que cela ! Il y eut une enquête des services sociaux pour établir si cette femme pouvait garder ses enfants. Difficile à déterminer. Elle changeait de version à chaque fois :

– Est-ce que je pouvais savoir qu'il y avait une fuite de gaz ?

ou

– C'est Cosette qui avait allumé le gaz pour jouer.

– Quand j'ai un rhume, je perds la boule.

Pendant ce temps, mamie reçut chez elle les quatre enfants. Elle finit par appeler son aînée au secours :

– J'ai peur de devenir folle.

– Je te prends Cosette, répondit Nora.

– C'est ce que j'espérais. Les garçons sont irrécupérables, mais on peut encore sauver la petite.

Tristane et Laetitia se réjouirent : on allait vivre avec la cousine préférée. Florent installa un lit de camp entre leurs deux lits, dans leur chambre. Cela donnait une longue surface dévolue au couchage, sans aucun endroit où marcher. On allait rire.

Cosette avait dix ans, des couettes, un aplomb formidable. Un sens de la repartie et un mauvais esprit à toute épreuve. Elle était irrésistible.

Les deux sœurs l'accueillirent comme leur idole. Tristane, douze ans, et Laetitia, sept ans, trouvaient que Cosette détenait le mode d'emploi de l'enfance. En sa compagnie, l'existence devenait interlope. Cosette accomplissait des prodiges : elle chapardait des bonbons, connaissait les gros mots et leur signification, parvenait à avaler de l'air puis à l'évacuer par les deux voies possibles, à volonté. Les trois fillettes communiaient dans le mépris des trois frères de la vedette, au sujet desquels celle-ci s'étendait à l'infini, tant il y avait d'abominations à raconter sur eux.

– Ça y est, Jacky a découvert la branlette.

– C'est quoi ? demanda Laetitia.

Explications de la cousine.

– Beurk ! dit la petite.

– Et alors, tu le fais aussi.

– Non ! Je n'ai pas de quéquette.

Explications de la cousine.

– Je fais pas ça, dit Laetitia.

– Tu veux que je t'apprenne ?

– Laisse ma sœur tranquille, intervint Tristane.

On en arrivait toujours à cette conclusion : les garçons étaient une espèce perdue qu'il valait mieux ne pas fréquenter.

– J'ai envie de devenir gouine comme vous deux, déclara Cosette.

– C'est quoi, gouine ? interrogea Laetitia.

– On n'est pas comme ça, répondit Tristane.

– C'est des femmes qui se marient ensemble, dit Cosette.

Laetitia lança à sa sœur un regard stupéfait. Celle-ci fit calmement non de la tête. Elle fut rassurée que la petite, malgré ses sept ans, ait gardé leur secret. On adorait la cousine, ce n'était pas une raison pour ne rien lui cacher.

L'équilibre de la maisonnée se modifia. À table, les parents furent forcés d'interrompre leur idylle permanente pour écouter les énormités proférées par la nièce.

– Non, Cosette, les chômeurs, ce n'est pas rien que des feignants.

– C'est maman qui l'a dit.

– Comment gagne-t-elle sa vie, déjà ?

– Elle touche l'aide sociale.

– Quelle différence avec le chômage ?

– Rien à voir. Maman a quatre enfants à charge et pas de mari.

On préférait ne pas insister.

Quand les trois fillettes rentraient de l'école, Tristane avait beaucoup de mal à obtenir que sa cousine fasse ses devoirs.

– Laisse-nous au moins faire les nôtres.

– À une condition : que tu fasses les miens aussi.

– D'accord. Mais je ne peux pas retenir tes leçons à ta place.

– Tu me les apprendras demain matin sur le chemin de l'école.

Cosette mettait son disque fétiche, « Tainted Love », de Soft Cell, sur la platine de Florent, dansait et chantait dessus. Difficile de se concentrer dans de telles conditions, et de résister à l'envie de danser avec elle.

Le lendemain matin, sur le chemin de l'école, Tristane essayait d'inculquer à sa cousine les notions de géographie ou de biologie exigées. En vain. Laetitia admirait Cosette d'être une si mauvaise élève.

Pourtant, elle ne redoublait jamais. À l'écrit, elle copiait habilement sur ses voisins. Et à l'oral, elle embobinait le professeur dans un courant de sympathie.

– Je ne peux pas retenir par cœur « Demain, dès l'aube ». Vous comprenez, ma mère m'a appelée Cosette en hommage à Victor Hugo, parce que sa sœur s'est noyée.

Parfois, elle n'hésitait pas à recourir à des versions plus misérables encore :

– J'ai pas pu étudier hier parce que je suis allée voir ma mère à l'hôpital psychiatrique.

Les responsables de l'école savaient plus ou moins ce qui s'était passé. Cosette obtenait la note de 10/20, impunité garantie pour ses malheurs.

Tante Bobette ne séjourna pas longtemps à l'hôpital psychiatrique pour une raison simple : elle s'y sentait trop bien. Les médicaments ne l'affectaient pas. Elle avait vite repéré le téléviseur et s'était installée devant. Les autres patients l'adoraient. Quand elle allait au jardin pour fumer une cigarette, elle était toujours accompagnée d'une petite cour à qui elle tenait des discours de ce genre :

– Vous, les neuneus, je vous aime bien. Vous êtes paisibles.

Une infirmière, offusquée, vint lui demander de quel droit elle se différenciait des autres. Bobette lui répondit :

– Je ne fais aucune différence entre eux, vous et moi, si vous voulez savoir.

On interrogea mamie pour évaluer ses capacités à reprendre sa fille chez elle, en plus des trois garnements. La vieille femme accepta avec accablement, non sans prier les services sociaux de retrouver au plus vite un logement pour eux.

– Croyez-vous votre fille capable de s'occuper de ses enfants comme une personne responsable ? Elle a failli les tuer avec elle, ainsi que les habitants de son immeuble.

– Bobette avait un problème d'alcool. Son séjour à l'hôpital l'a sevrée.

Interrogée à ce sujet, Bobette déclara qu'elle ne toucherait plus à une goutte de bière de sa vie. Elle fut placée chez sa mère à titre d'essai.

Mamie dit à sa fille qu'elle était trop âgée pour s'occuper de trois garçons aussi difficiles que Nicky, Alain et Jacky.

– Ce n'est pas grave, je suis là, maintenant, répondit Bobette.

– Fais en sorte de ne pas être un problème supplémentaire, ce sera déjà beaucoup.

La jeune femme téléphona à sa sœur pour lui raconter « la dernière vacherie de leur mère ».

– Désolée, dit Nora, je la comprends.

– Merde, tu n'as rien trouvé d'autre pour me soutenir ?

– Je m'occupe de ta fille. Pas mal, comme soutien, non ? Il faut te reprendre en main, Bobette.

– Arrête, tu me donnes envie d'une bière quand tu dis ça.

Nora commença à hausser le ton. Cosette éclata en sanglots. Tristane eut l'intuition d'intervenir, elle saisit le téléphone et dit :

– Tatie Bobette, quand viens-tu ? J'ai tellement hâte de te revoir !

Il y avait un lien magique entre la tante et la nièce. Elles tiraient merveille l'une de l'autre parce qu'elles s'émerveillaient l'une de l'autre. Cette femme était sidérée d'admiration pour cette fillette qui l'aimait profondément. Tristane, en secret, aimait sa tante plus que sa mère : elle trouvait celle-ci distante et conformiste, quand elle adorait l'enthousiasme chaleureux du cas social.

– Moi aussi, ma chérie, tu me manques ! Tu vas voir, je vais m'en sortir, dit Bobette à qui l'idée de décevoir sa nièce était intolérable.

À la fin de l'été, une HLM se libéra non loin de là. Avant d'aller rejoindre sa mère et ses frères, Cosette eut une longue discussion avec sa marraine :

– Tu sais, avec maman, j'ai du mal. Je voudrais être toi. Toi, elle t'estime, elle te respecte. Moi, elle dit que je suis elle en plus jeune. Ça ne lui inspire aucune tendresse.

– Elle ne s'aime pas, la pauvre.

– Pauvre de moi, oui ! Je voudrais que ma mère m'aime.

– Moi aussi, je voudrais ça.

– C'est vrai que tante Nora n'est pas très gentille avec toi.

– Elle n'est pas méchante. Mais il n'y en a que pour mon père.

– Au moins, tu en as un, de père.

– Pas particulièrement.

– Je crois que ça manque à maman. S'il y avait un homme à la maison, elle ne se laisserait pas aller comme ça. Parfois, la nuit, je vais la regarder dormir sur son canapé, devant la télé allumée, et je me dis que je préférerais mourir que devenir elle.

– Tu ne deviendras pas elle.

– D'accord. Qu'est-ce que je vais devenir ?

– Laetitia va créer un groupe rock. Elle chantera, elle jouera de la guitare. Je t'imagine bien à la batterie.

Cosette ouvrit des yeux extatiques.

– Tu crois ?

– J'en suis sûre.

Il se passa une chose curieuse. La joie de la filleule dura à peine un instant. Tristane vit un voile sombre recouvrir presque aussitôt le regard illuminé. Fallait-il qu'elle la questionne ? La jeune marraine pensa que ce serait de mauvaise politique.

– Tu sais, Tristane, les meilleurs moments de ma vie, c'est avec toi. Je fais ma fière, je me donne des airs, c'est pour vous épater, Laetitia et toi. Quand je suis seule, je m'embête.

– C'est normal d'avoir besoin des autres. Moi aussi, j'aime être avec toi.

– Tout à l'heure, vu ce que j'ai dit à propos de ma mère, tu as peut-être cru que j'étais jalouse de toi. C'est plutôt Laetitia que je jalouse, même si je l'adore. C'est ça que j'aurais voulu : être ta sœur.

– Et si tu voyais ce que tu as ?

– Dis-moi donc ce que j'ai de bien.

– Je vais te confier mon plus grand secret. Je ne l'ai jamais dit à personne. Ce qui me rend malade, c'est que j'ai l'apparence d'une petite fille terne.

– Qu'est-ce que tu racontes ?

– Ne rigole pas. Si tu savais comme j'en souffre !

– Ça va pas ? Tristane, tu es la personne la

plus intelligente et la plus intéressante que je connaisse.

– Quand je parle, ça s'arrange. Quand je ne dis rien, on ne remarque pas que j'existe. Je suis une petite fille terne.

– J'en reviens pas que tu te voies comme ça.

Elle raconta à Cosette l'échange qu'elle avait surpris entre son père et sa mère.

– Tonton Florent et tatie Nora n'ont pas les yeux en face des trous ! éructa la filleule.

– Tout à l'heure, je t'ai parlé du groupe rock de Laetitia, celui dans lequel tu joueras de la batterie. Tu ne m'as pas demandé de quel instrument je jouerai. C'est parce que avec mon physique terne, on ne peut pas m'imaginer dans un groupe de rock.

– N'importe quoi ! C'est parce que toi, tu seras présidente de la République.

– Écoute, on ne va pas en parler cent sept ans. Tu connais mon problème, maintenant. C'est ce que je voulais te dire : chacun a l'impression qu'il ne s'en sortira jamais.

Cosette hocha la tête avec gravité. À leur

insu, ces fillettes de douze et de dix ans eurent une expression très au-dessus de leur âge.

Quand la cousine eut rejoint sa famille, Florent et Nora soupirèrent de soulagement.

– J'aime beaucoup Cosette, dit Nora, mais ce qu'elle est bruyante ! On est autrement tranquilles sans elle. Vous, les filles, vous pouvez enfin reprendre votre duo. Je suis sûre que vous en êtes enchantées.

Tristane répondit évasivement, non sans avoir sur le bout de la langue la réplique qui s'imposait : « C'est papa et toi qui êtes ravis de ne plus être distraits de votre idylle ! »

Plus tard, elle dit à sa sœur :

– J'adore être rien qu'avec toi. Mais Cosette est la seule personne dont la présence ajoute quelque chose à notre duo, tu ne trouves pas ?

– Elle me manque.

– Moi aussi, elle me manque.

L'année de ses treize ans, Tristane grandit de treize centimètres. Cela la traumatisa. Certains jours, quand elle se regardait dans le miroir de la salle de bains, elle avait peur.

– Si ça continue, un jour ma tête dépassera la glace et je ne me verrai plus, dit-elle.

– Je serai ton miroir et je te dirai que tu es belle et que tu dois te faire couper les cheveux, répondit Laetitia.

À l'école, certaines filles de quatrième avaient des flirts qu'elles montaient en épingle pour se rendre intéressantes. Tristane, elle, entretenait avec les garçons des rapports de camaraderie sans ambiguïté. Elle n'éprouvait aucune jalousie pour celles qui racontaient leurs romances plus ou moins inventées à leurs amies.

Un jour qu'elle allait entrer en classe, elle surprit une conversation entre quelques filles et resta sur le pas de la porte pour entendre :

– Elle est pas mal, Tristane, mais un peu fadasse.

– Oui, quand elle parle, son visage s'anime, elle devient bien. Sinon, elle a l'air éteint.

Tristane s'enfuit sur la pointe des pieds. Pour rien au monde, elle n'aurait voulu montrer à ces pimbêches qu'elle avait écouté leurs propos. Réfugiée aux toilettes, elle pleura un bon coup. Elle se reprit en se disant que c'était du commérage ordinaire et se jura de ne pas souffrir pour si peu. Hélas, le mal était fait. Une part d'elle en conclut que la puberté n'avait rien changé à sa malédiction.

Lors d'un après-midi de solitude, tandis que Laetitia était à son cours de guitare, Tristane s'empara d'un livre dans la bibliothèque des parents : *Le Blé en herbe*, de Colette. Ce fut le coup de foudre. Elle avait déjà lu des romans sans effort ni ennui. Ce qu'elle découvrit avec Colette était d'un autre ordre : elle éprouva plus que de l'intérêt – du plaisir. Cela tenait encore davantage à la manière dont c'était écrit qu'à l'histoire elle-même.

Soudain, elle s'aperçut que sa sœur était rentrée et l'observait.

– Je ne t'ai jamais vue lire comme ça, dit Laetitia.

– Je sais enfin ce que signifie bien écrire.

La petite vint s'installer à côté de la grande.

– Montre voir ?

Tristane tendit le livre ouvert. Laetitia regarda avec sagacité.

– Je lirai ça plus tard, finit-elle par déclarer. Moi, j'ai découvert ce que signifie bien jouer de la guitare.

– Tu y es arrivée ?

– Non. La prof a passé un disque de Led Zeppelin. C'est ça que je veux faire comme musique.

– Les parents ont un disque de ce groupe, je crois.

Les sœurs allèrent vérifier. En effet, à côté de la chaîne dont ils ne se servaient guère, il y avait une quarantaine de 33 tours, dont un de Led Zeppelin.

Tristane mit le disque sur la platine. Les filles écoutèrent ensemble religieusement.

– C'est magnifique ! s'écria la grande.

Le père qui rentrait lui dit que c'était bien d'initier sa petite sœur à Led Zep. Elle répondit que c'était Laetitia qui le lui avait fait découvrir. L'adulte ne releva pas l'énormité.

– Pourquoi tu n'écoutes plus de musique ? demanda Laetitia à son père.

Il ne sut que dire. À Nora et à lui était arrivé ce qu'il advient de la plupart des gens installés dans la vie : une désaffection de ce qui avait pu les charmer auparavant. Cette vérité générale trouve en musique une illustration particulière.

On prétend qu'à partir d'un certain âge, on ne parvient plus à apprécier la nouveauté musicale. Ce constat est insuffisant. À partir d'un âge pas forcément avancé, les êtres n'écoutent pas même ce qui leur plaisait quand ils étaient jeunes. La musique constitue pour le commun des mortels une passion d'adolescence. Ils continuent à lire, à voyager, à s'initier à des cuisines exotiques, à rencontrer des individus. Mais faites-leur écouter un air nouveau et vous vous heurterez à : « Moi, tu sais, j'en suis resté aux Beatles » – qu'ils n'écoutent plus jamais.

Le génie musical, comme le génie mathématique, se révèle dans l'extrême jeunesse. Il n'est jamais trop tard pour devenir écrivain, philosophe ou peintre. Il est presque toujours trop tard pour devenir un mathématicien ou un compositeur digne de ce nom. Et ce qui est vrai du génie se vérifie dans la réception : il est très vite trop tard pour accueillir la musique et les mathématiques. Ce sont des domaines qui exigent un engagement absolu.

Le phénomène de la musique de fond n'est pas un contre-exemple, c'est la plus triste preuve de ce phénomène. La fermeture à la musique a généré ce qu'on appelle très injustement la musique d'ascenseur. Or, dans la majorité des cas, la musique d'ascenseur est du jazz de haute qualité. Ce qui rend cette splendeur médiocre, c'est le degré d'écoute qu'on lui inflige. Prenez du Racine, faites-le déclamer dans un supermarché, ce sera pareil. Il est instructif que personne n'ait eu cette idée avec Racine alors que tout le monde le fait avec Duke Ellington.

À huit ans, Laetitia avait l'intuition de cela, sans pour autant se le formuler. Elle interrogea son père à brûle-pourpoint :

– Qui est le guitariste de Led Zeppelin ?

– Attends… Je ne sais plus.

– Jimmy Page. Tu as oublié !

– Le nom seulement.

– Vas-y, fredonne-moi l'un de ses solos.

Florent fredonna, avec une maladresse confondante, une esquisse de « Stairway to Heaven ». Il fallait une générosité extraordinaire pour reconnaître en cette indigence la chanson en question. Et puis, il s'arrêta. Sentant la consternation de sa fille, il dit :

– Je rentre du travail, je suis fatigué.

Les fillettes retournèrent dans leur chambre. Laetitia déclara à sa sœur qu'elle voulait devenir Jimmy Page.

– Ne voudrais-tu pas aussi chanter ?

– Tu veux que je devienne Jimi Hendrix ?

– C'est qui ?

Laetitia regarda sa sœur avec affliction :

– D'où tu viens ?

Tristane éclata de rire.

– Moi, si j'avais treize ans comme toi, j'irais à des concerts rock.

– Où donc ?

– Tu n'es pas dégourdie. Torhout-Werchter, c'est à quarante kilomètres.

– Comment irais-je en Belgique ?

– À vélo.

– Écoute, c'est toi qui veux devenir rockeuse.

– Toi, tu veux faire quoi ?

– Aucune idée.

– Tu aimes les livres, tu pourrais être ma parolière.

– J'ai l'impression que tu n'as pas besoin de moi pour ça.

– En tout cas, j'ai déjà trouvé le nom du groupe : les Pneus.

– Pourquoi les Pneus ?

– Ça sonne bien.

– Oui, mais ça n'a pas de sens.

– On s'en fout. Le rock est une affaire de son.

Tristane fut frappée par cet apophtegme.

– Tu m'expliqueras. Je n'y comprends rien, au rock.

– Le rock, c'est d'abord une sensation.

La petite administra à la grande des doses colossales de Rolling Stones, de Who, de Queen, de Cat Stevens, de David Bowie, de Lou Reed.

– C'est quand même autre chose que le Top 50, répondit Tristane. Pourtant, Queen et David Bowie sont dans le Top 50, lui fit-elle remarquer.

– C'est un accident.

– Les Pneus seront peut-être classés au Top 50.

– Ils dépasseront vite ce stade.

Comment Tristane n'eût-elle pas déliré d'admiration pour cette gosse de huit ans si pleine d'aplomb ? Elle s'enorgueillissait de penser qu'elle y avait contribué par son amour et son attention ininterrompus pour la fillette.

De son côté, Cosette avait annoncé à sa mère qu'elle serait batteuse dans le groupe rock de Laetitia.

– Je préférerais que tu sois la secrétaire de Tristane qui sera présidente de la République.

– Maman, est-ce que j'ai l'air d'une secrétaire ?

– Non, hélas.

– Achète-moi une batterie.

– Pour que les voisins nous dénoncent à la police ?

Cosette se rendit à la Maison des Jeunes. Il y avait une batterie, mais elle était continuellement squattée par un dadais qui en tirait des solos de deux de tension.

– Tu me laisses la place ? finit par demander Cosette.

– Et puis quoi encore ? C'est pas une fille qui va me dicter ma conduite.

– Tu vas voir ce qu'une fille sait faire, rétorqua-t-elle en s'emparant des baguettes.

Elle s'installa à la batterie et donna libre cours

à sa rage. Conscient qu'il se passait quelque chose, le moniteur accourut. La gosse lui dicta le numéro de téléphone de ses cousines, qui arrivèrent au pas de charge.

– C'est exactement ça ! éructa Laetitia.

À onze ans, Cosette en paraissait treize, mais Laetitia avait l'air d'avoir ses huit ans et le moniteur eut du mal à admettre que cette gamine était le leader des Pneus.

– C'est parce que ma voix n'est pas encore formée, mais ça ne va plus tarder, répondit Laetitia. Je vais me mettre à la cigarette pour accélérer le processus.

– Donc tu chanteras ? demanda Tristane.

– Oui, comme Hendrix, je jouerai de la guitare et je chanterai en même temps. Pour ça, quand je répète la guitare, je récite mes tables de multiplication. Ça m'apprend à désolidariser mes mains de mon cerveau.

– On a la batterie, la voix et la gratte, dit Cosette. Que feras-tu, Tristane ?

– La basse, répondit Laetitia.

– Je ne serai pas dans le groupe. Je n'en suis pas capable.

– Bien sûr que tu y seras. Tu vas apprendre la basse, ordonna la petite.

– Je ne sais pas ce que tu vaux à la guitare, mais tu as l'étoffe d'un chef, intervint le moniteur.

– Il faut ce qu'il faut.

Tristane commença à apprendre la basse. Elle découvrit qu'elle adorait cet instrument : il correspondait à une dimension d'elle qu'elle avait ignorée jusque-là. Par ailleurs, fidèle à elle-même, elle étudia le solfège à fond.

– C'est chiant, hein ? dit Laetitia.

– Je ne trouve pas. Ça me passionne.

– Tu es spéciale. Personne n'aime le solfège.

La grande sœur eut honte de son attitude qui lui en rappelait d'autres. Elle était aussi la seule à aimer la grammaire et les mathématiques. Loin d'en éprouver de la fierté, elle y voyait la confirmation de son secret : « Petite fille terne. »

À cette honte s'en ajouta une autre. Jusqu'alors, être une petite fille lui paraissait normal. À quatorze ans, Tristane se rendit compte qu'elle était plate comme une planche à pain. Elle eut ses premières règles en même temps que Cosette. Avec son corps déjà formé, la filleule semblait plus âgée que la marraine.

– C'est parce que je suis grosse, déclara la fillette de douze ans.

– N'importe quoi, répondit Tristane.

– C'est pas un problème, pour une rockeuse, d'avoir de grosses fesses ?

– Au contraire, intervint Laetitia, qui entonna aussitôt la chanson de Queen : « *Fat bottomed girls, you make the rockin' world go round !* »

– Et moi alors ? questionna Tristane.

– Toi, tu es la nouvelle Patti Smith, aussi géniale que maigre.

En vérité, Tristane aimait au-delà de tout être bassiste. Laetitia avait eu du flair, cela lui correspondait à merveille. La basse produisait un son indispensable mais que l'on n'entendait guère : on le sentait. C'était le métronome du groupe.

Le bassiste est quasi toujours le personnage le plus réservé du band.

Au lycée, elle excellait en latin et en grec ancien. Elle proposa aux Pneus un texte de chanson en distiques élégiaques ioniens.

– Merde, Tristane, je peux pas chanter un truc que je peux pas lire.

– Je vais t'apprendre, c'est facile.

– Je suis déjà contre le rock en français, je vais pas me mettre au latin.

– C'est du grec, et encore, pas n'importe lequel.

– Non. Tu pourrais pas écrire en anglais ?

– Je t'assure. Le grec, c'est une langue très rythmée.

Tristane lut avec scansion le début de son texte.

– Ça ne convient pas au rock, trancha Laetitia.

Cosette demanda à Tristane comment elle supportait ce petit chef.

– J'ai confiance, répondit la grande sœur.

Les Pneus devinrent l'obsession des trois filles. De 1987 à 1989, leur temps libre fut dédié au groupe. C'est peu dire qu'elles progressèrent.

À onze ans, Laetitia décréta qu'elle en avait assez de jouer à la salle des fêtes pour le 14-Juillet.

– Il nous faut un festival, dit-elle. Je veux qu'on aille à Torhout-Werchter.

– Tu te rappelles quand tu avais affirmé que c'était à quarante kilomètres ? C'est à quatre-vingt-quinze kilomètres.

– Tu as seize ans et tu ne conduis pas encore !

– C'est illégal.

Cosette était la plus enragée des trois. Au-delà de sa passion pour la batterie et de son réel talent, appartenir aux Pneus constituait ce qu'elle tenait pour sa planche de salut.

– Sans les Pneus, je tournerais mal, comme ma mère.

– Tatie Bobette n'a pas mal tourné, elle t'a mise au monde.

– Précisément.

Les sœurs rirent jaune. Depuis ses quatorze ans, leur cousine les inquiétait. Elle avait pour ainsi dire cessé de s'alimenter. Ses belles formes avaient fondu comme neige au soleil.

– Tu étais mieux avant, dit Tristane.

– Maintenant, je suis maigre, je te ressemble.

– Tu es plus maigre que moi et heureusement, tu ne me ressembles pas.

– Au moins, je ne ressemble plus à ma mère.

L'anorexie relevait alors encore de la nouveauté. On l'avait décrétée maladie poétique qui affectait les jeunes filles comme autrefois la phtisie. Bobette mit du temps à comprendre que sa fille avait un problème. Quand elle s'en rendit compte, elle paniqua.

– Ma Cosette, qu'est-ce qui se passe ?

– Tu me préférais Tristane, alors je suis devenue plus maigre qu'elle.

– Je n'ai jamais préféré Tristane. Et quel rapport avec la maigreur ?

– Tu l'as bien cherché.

Il y a pire que l'anorexie, c'est la condition de parent d'anorexique. On assiste, impuissant, à l'autodestruction de sa progéniture et on sait qu'aux yeux des gens, on est coupable de ce crève-cœur. On a probablement commis une erreur, mais on ignore laquelle. On ne cesse de ressasser ce qu'on a pu dire à son enfant ces dix dernières années.

L'anorexie ne manque pas de points communs avec la possession démoniaque. La jeune possédée a tendance à s'en prendre à sa mère :

– Tu m'interdisais de me resservir de gâteau ! Tu es contente du résultat, hein ?

– Non, je suis horrifiée. Et puis, je ne t'interdisais pas de te resservir, je ne t'y encourageais pas. C'est très différent.

– Tu me trouvais grosse ?

– Pas du tout. Il me paraissait plus facile de t'empêcher de devenir une gloutonne que de t'avertir un jour que tu en étais une.

Échanges aussi vains qu'inexorables. L'anorexique en veut à sa mère, c'est ainsi. Et Cosette, qui ne manquait pas de sérieux motifs de rancune envers Bobette, comme l'explosion de leur appartement et l'alcoolisme, d'invoquer des prétextes futiles pour lui faire des reproches.

– Qui veut tuer son chien l'accuse de la rage, finit par dire Bobette.

– C'est ça, dis que tu n'y es pour rien.

– Je ne dis pas ça, j'ai sûrement commis des erreurs. Pardonne-moi.

– Comme c'est facile !

Ça ne l'était pas.

La mère, éplorée, appela Tristane à l'aide :

– Ma chérie, tu es mon seul espoir. Ma fille me hait.

– Non, tatie, elle t'aime, elle est juste en colère.

– Parle-lui, je t'en supplie.

Parler à une anorexique : mission impossible. La marraine s'y essaya :

– Tu veux mourir ?

– Non.

– Tu es consciente que si tu continues, tu vas mourir ?

– Non.

– Non quoi ? Tu n'es pas consciente ?

– Je ne vais pas mourir.

– Ah bon ? Tu vas recommencer à manger ?

– Non.

– Non, non, non ! Tu crois qu'il suffit de dire non pour empêcher les choses de se produire ?

– Non.

– Je t'aime et je te vois te tuer.

– Fais-moi confiance.

– À toi, oui. Mais pas à la maladie.

Tristane sentait bel et bien la présence d'une force tierce qu'elle nommait maladie faute de lui connaître une autre appellation. S'il est si difficile de guérir de l'anorexie, c'est qu'il est terrible de se délivrer d'une possession.

Laetitia suggéra que Cosette s'investisse encore davantage dans le groupe. Ce n'était pas idiot. Un clou chasse l'autre : si la percussionniste était possédée par le rock, l'emprise de la maladie diminuerait. Malheureusement, Cosette était devenue si faible que son jeu s'en ressentait.

– Laisse ta rage s'exprimer. Lâche les chiens !

– C'est ce que je fais.

– Tu n'as plus assez la niaque. Batterie ou anorexie, il faut choisir.

– Laetitia, arrête ! intervint Tristane.

– Quoi, il faut prendre des gants ?

– Elle a raison, Tristane. J'ai de la tisane à la place du sang, je joue comme une limace. Le problème, c'est que je suis devenue incapable de manger.

– Alors bois ! dit Laetitia en lui tendant une canette de Coca.

Au prix d'un effort surhumain, Cosette avala quelques gorgées de boisson sucrée. Le mélange de sucre et de caféine produisit l'effet d'une bombe atomique. Cosette se lança dans un solo de batterie si endiablé que Laetitia crut à un miracle :

– Là, c'est toi, ça !

Tristane demeura perplexe. Si étrange que cela puisse paraître, personne ne songea à faire hospitaliser la jeune fille. À l'époque, cette évidence ne s'imposait pas. Et Bobette devait savoir, en un recoin obscur de son cerveau, que si les autorités étaient averties de la maladie de sa fille, on lui retirerait purement et simplement la garde de ses enfants : son casier était loin d'être vierge.

Un matin, le téléphone sonna à six heures. Tristane eut l'intuition qu'elle devait se lever et décrocher aussitôt.

– C'est Cosette. Viens.

Tristane sauta sur son vélo et parcourut à la vitesse grand V la distance qui la séparait de sa cousine. Celle-ci l'attendait au bas de l'immeuble.

– Je suis en train de mourir.

– Qu'est-ce que tu racontes ?

– Je sais ce que je dis. Ça a commencé hier soir. Il y avait vingt-cinq degrés et je me suis aperçue que je mourais de froid. J'ai pris un bain bouillant et je me suis mise au lit. J'ai grelotté toute la nuit.

– Tu as de la fièvre ?

– 36,5. Là, j'ai si froid que je ne tremble plus. Le frisson est une bonne réaction du corps. Ma carcasse n'en est plus capable.

– Appelons l'hôpital.

– C'est trop tard.

Comme pour démentir son propos, Cosette se mit à courir vers la déchetterie toute proche où trônait, debout, un frigo abandonné. Elle s'agenouilla à côté et supplia Tristane :

– Renverse-le sur moi !

– Ça va pas ?

– Le frigo est instable, il peut toujours tomber sur moi par accident, j'ai vérifié. Si je meurs d'anorexie, c'est la faute de ma mère et elle perd la garde de mes frères. Si je meurs par accident, aucun problème.

– Je ne veux pas te tuer !

– Puisque je vais mourir, de toute façon ! Il est six heures et demie du matin, il n'y a aucun témoin.

– Il y a moi.

– Je pensais que tu aimais ma mère.

Sûre de l'efficacité de ses paroles, Cosette lança une paire de gants à sa cousine et se coucha par terre. Dans un état second, Tristane embrassa sa filleule, enfila les gants et poussa le frigo, qui écrasa la jeune fille. Elle partit sans se retourner.

Le scandale de la déchetterie des HLM de Maubeuge fit grand bruit. On avait retrouvé le cadavre d'une fillette sous la carcasse d'un frigo. On laissait traîner des encombrants qui chutaient sur des mômes qui passaient par là. De tels accidents n'auraient jamais lieu à Neuilly-sur-Seine.

Bobette fut effondrée.

– Le destin s'est acharné sur ma petite ! Déjà qu'elle mangeait plus, voilà qu'un frigo lui tombe dessus.

Laetitia pleura beaucoup. Tristane ne versa aucune larme. C'est peu dire qu'elle perdit toute vitalité. Elle devint un zombie.

Nora la secoua :

– Ce qui est arrivé à ta cousine est affreux. Ne

marche pas sur ses traces. Cosette, elle, n'avait pas d'avenir. Toi, tu en as un.

La jeune fille de seize ans regarda sa mère avec consternation.

Laetitia chercha quelqu'un pour remplacer Cosette à la batterie. Sa sœur lui dit de chercher aussi un autre bassiste.

– Tu me lâches ?

– Laetitia, comment veux-tu que je joue dans ton groupe sans Cosette ?

– Ce n'est pas mon groupe, c'est notre groupe.

– N'insiste pas.

Tristane ne savait même pas si elle désirait confier son horrible secret. Quand elle essayait d'imaginer un interlocuteur possible, elle ne voyait que Cosette.

De guerre lasse, une nuit, elle parla en son cœur à sa filleule morte :

– Ma Cosette, regarde comme je souffre. Je ne parviens même plus à croire que j'ai agi conformément à ton désir. À toi la mort, à moi les remords.

Tristane entendit alors en elle la voix de Cosette :

– Merci, ma Tristane. C'était ce que je voulais. Tu m'as sauvée.

Elle en ressentit un bien-être étonnant qui se mit à irradier tandis que la voix poursuivait :

– J'ai été plus forte que le démon qui m'habitait. Ce démon voulait détruire ma mère à travers moi. Grâce à ton aide, il n'existe plus.

– Mais tu n'es plus vivante.

– La belle affaire ! Il n'y a pas que la vie, comme tu vois.

– Ne me laisse pas. J'ai besoin de toi.

– Je serai toujours là pour toi.

Dès cet instant, Tristane alla mieux. Son entourage respira. « Le pire est passé, disait-on. Elle a surmonté l'épreuve. »

Laetitia revint à la charge :

– J'ai trouvé un batteur, un certain Benoît. Il ne manque plus que toi.

La marraine consulta sa filleule intérieure qui répondit :

– Fonce ! Les Pneus, c'est trop bien.

Benoît, seize ans, voulut révolutionner le groupe :

– Soit il faut chanter en français, soit il faut traduire le nom du groupe en anglais.

Laetitia, onze ans, se chargea aussitôt de lui signifier qui commandait.

– Les Pneus, ça sonne beaucoup mieux que The Tires. Et on chante en anglais. Si tu n'es pas content, ça n'y change rien.

Quand Tristane jouait avec les Pneus, elle sentait que Cosette assistait aux répétitions et lui insufflait la joie de continuer.

– Il est bien, ce Benoît. Tu es au courant qu'il te drague ?

– N'importe quoi.

Tristane ouvrit l'œil et s'aperçut que la défunte disait vrai. Elle en fut plus embarrassée qu'heureuse. Comme elle ne savait pas comment se comporter en pareil cas, elle n'eut aucune réaction.

Benoît finit par lui remettre un billet :

Tristane,

Tu te caches derrière tes lunettes mais je t'ai vue quand même. Tu es belle. Laisse-moi une chance.

Leur histoire eut un début fulgurant. Rien ne prépare aussi bien à l'amour que de jouer ensemble de la basse et de la batterie. Sidérée de plaire, Tristane connut le délire de l'amour adolescent.

Au lycée, la nouvelle se répandit comme une traînée de poudre. Tristane n'en avait pourtant parlé à personne, mais à cet âge, la surveillance entre filles dépasse les perceptions. Celles qui se prétendaient ses amies s'autorisèrent des commentaires d'une bienveillance douteuse :

– Ça te change. Tu as enfin l'air vivante.

– La Belle au bois dormant, c'était toi !

Dans la bouche de ses ennemies circulèrent des horreurs :

– La petite pute est morte et se réincarne en sa cousine.

– La binoclarde est en rut.

Tristane eut beau se boucher les oreilles, l'écume de ces propos lui revint et lui gâcha la fête. Son visage ravivé par l'amour s'éteignit.

Benoît ne comprit rien à ce qui s'était passé. Il attendit que les nuages s'en aillent et constata que la chape de plomb s'était installée.

– Qu'est-ce que tu as ? demanda le garçon au bout d'une semaine.

– Rien.

– Ce n'est pas vrai. Tu tires la gueule en permanence.

En guise de réponse, Tristane se renfrogna.

Benoît prononça alors une phrase dont il ne mesura pas les conséquences :

– Je ne te reconnais plus. On dirait une petite fille terne.

Comme poignardée, Tristane se montra violente :

– Dégage. Je ne veux plus jamais te voir.

Le jeune homme déguerpit.

Laetitia vint demander des comptes à sa grande sœur :

– À cause de toi, les Pneus perdent un excellent batteur.

– Nous en trouverons un autre.

– C'est quoi, ça, ce manque de professionnalisme ?

Tristane sourit.

– Je ne rigole pas, reprit l'enfant de onze ans. Dans un groupe rock, c'est régulier qu'on ait des coups de foudre. Quand c'est fini, on ne se conduit pas comme ça.

Dans leurs conversations intimes, Cosette donnait raison à Laetitia :

– Il était bien, ce garçon.

– Il m'a dit les mots qui ne peuvent que me poignarder, tu le sais bien, toi.

– « Petite fille terne. » Quand comprendras-tu que les mots ont juste le pouvoir qu'on leur donne ?

– Tu ne sais pas combien j'en ai souffert et combien j'en souffre encore.

– C'est tellement le contraire de ce que tu es. Je te regarde et je vois du feu.

– Les autres n'y voient que du feu.

– Je suis morte de rire.

– Tu es morte.

– C'est ton démon qui parle, Tristane. Et je m'y connais. Ne le laisse pas te pourrir la vie.

Laetitia recruta une batteuse pour les Pneus. Si c'était une précaution, elle s'avéra inutile.

– Tu plais à Indira, lui souffla Cosette.

– Et alors ? C'est une fille.

Une semaine plus tard, Tristane se retrouva dans les bras d'Indira.

– On s'était toujours doutés que tu étais gouine.

– Avec ta cousine, tu as sûrement fait des trucs.

– Et quand ta sœur aura l'âge, faudra qu'elle se méfie.

L'histoire tourna court. Indira quitta les Pneus. Elle accusa Tristane de lui avoir lancé une malédiction.

Laetitia parla vertement à sa sœur :

– Tu peux pas avoir ta vie amoureuse en dehors du groupe ?

– Ce n'est pas moi qui ai congédié Indira.

– Non, tu as seulement rompu avec elle.

– Ça ne l'obligeait pas à partir.

– Écoute, je propose que ce soit toi qui recrutes le nouveau batteur. Garçon ou fille, choisis quelqu'un qui ne risque pas de te plaire.

C'est ainsi que Tristane recruta Marin, onze ans. Le lendemain, elle retrouva sa sœur dans les bras du garçon.

– Chacune son tour, dit-elle en riant.

– Sauf que moi, c'est pour toujours, répondit Laetitia.

– Ben voyons.

En observant le visage de Marin, Tristane pensa que sa sœur avait raison. Le garçon était aussi ébloui que s'il venait d'apercevoir le buisson ardent. Au-delà du premier amour, c'était de l'ordre de la révélation. « Ma petite sœur », se répétait-elle, le cœur serré. Benoît et Indira n'avaient pas pesé lourd comparés à cet amour. Tristane gagea que Marin ne prendrait jamais sa place.

Elle en parla à Cosette.

– Ne sois jamais jalouse, lui conseilla-t-elle.

– Facile à dire, tu es morte.

– N'attends pas de mourir pour découvrir cette sagesse élémentaire. Tout amour est neuf, un nouvel amour n'enlève rien aux précédents.

– Quand tu vivais, tu étais jalouse ?

– Bien sûr. Malgré mon amour pour ta sœur, j'ai jalousé l'amour que tu avais pour elle.

– C'était insoupçonnable.

– Une chose est d'éprouver la jalousie, une autre de lui donner de la valeur. Si tu laisses passer la jalousie sans la retenir, elle s'en ira.

– Tu avais déjà cette sagesse avant de mourir ?

– Je ne me rappelle plus, répondit Cosette avec humilité.

Du côté des Pneus, il fallut mettre les points sur les « i ».

Laetitia déclara qu'il n'existait pas d'exemple, dans l'histoire du rock, d'amour entre deux membres importants du groupe qui n'ait pas posé problème :

– Soit l'amour en fait les frais, soit le band. Marin, je te préviens : je privilégierai toujours les Pneus.

– Évidemment.

– Il ne faudra pas en déduire que je t'aime moins.

Tristane observa ce manège avec admiration. Marin n'était pas soumis. Le garçon éprouvait pour la petite fille un amour et une estime sans bornes. Quant à sa sœur, elle avait reconnu en Marin une âme grande et se conduisait en conséquence.

« Ils sont magnifiques », songea la grande sœur. « Peut-être l'amour absolu est-il possible entre deux enfants ? Espérons que l'adolescence ne ruinera pas cette perfection. »

– La puberté va changer ma voix, annonça Laetitia. Ce serait pas mal qu'on hâte le processus : on perd du temps à répéter avec mon organe d'aujourd'hui.

– On ne peut pas aller plus vite que la musique, dit Tristane.

– Si, intervint Marin. Tu pourrais fumer.

– Tais-toi ! s'offusqua Tristane.

– Tu as raison, Marin. La mue des filles est hâtée par la cigarette. Pas celle des garçons, malheureusement.

– Pas grave, je suis batteur.

Laetitia fila acheter un paquet de Gauloises. (« Tant qu'à faire, choisissons les plus fortes ! »)

Elle fuma la première en présence de ses deux comparses. Ce fut un moment de solennité.

– Vous ne connaissez pas votre bonheur de ne pas devoir tirer là-dessus. C'est dégueulasse, affirma-t-elle.

La volonté de la petite fille n'avait pas de limites. Elle atteignit sans tarder le demi-paquet quotidien. En un mois, sa voix vieillit de vingt ans. On était saisi d'entendre chez cette gosse l'organe d'une trentenaire.

Quand elle obtint ce résultat, elle cessa de fumer. Sa voix ne régressa plus et elle ne dut plus jamais recourir à la cigarette.

– Comme quoi, il ne faut pas perdre de temps, dans la vie, commenta-t-elle.

Lorsqu'ils ne répétaient pas, Marin et Laetitia parlaient rock, vivaient rock, écoutaient rock, étaient rock. Le rock constituait leur éthique, leur style, leur présent, leur avenir ; tout passait au crible de ce critère. Tristane constata que cette obsession réussissait à leur amour, qui semblait parti pour durer.

« Dire que c'est moi qui ai sélectionné Marin », pensa-t-elle. Étrangement, même si elle n'avait pas eu cette idée derrière la tête au moment de le choisir, elle ne doutait pas d'avoir présidé au destin en connaissance de cause. Elle en était heureuse et pourtant, elle s'en mordait les doigts. « Il est un peu tôt pour perdre ma petite sœur. »

Les deux filles dormaient toujours dans la même chambre. Si les téléphones portables avaient déjà existé, c'eût été la fin de leur intimité. En 1990, il était encore possible de n'avoir pas d'autre compagnie que son vis-à-vis.

« J'ai dix-sept ans. C'est moi qui devrais en avoir assez de cette promiscuité, et c'est ma sœur de douze ans qui montre les premiers signes d'ennui. » Cette vision exagérée représentait davantage les craintes de Tristane que la réalité. Laetitia était très heureuse d'avoir sa sœur pour confidente :

– Je suis folle amoureuse de Marin mais les baisers, j'en ai vite assez. Tu aimais ça, toi, les baisers ?

– Ça dépend avec qui, répondit Tristane, perplexe de cet usage de l'imparfait qui donnait l'impression d'être interrogée au sujet d'une activité qu'elle n'exercerait plus.

– Tu veux dire qu'il y a des gens qui embrassent mieux que d'autres ?

– Oui.

– Marin embrasse très bien, je crois. C'est juste qu'au bout de deux longs baisers, j'en ai ma claque.

– En est-il vexé ?

– Il n'est pas susceptible.

– Les élèves de ta classe sont au courant ?

– Bien sûr. Contrairement à toi, je suis insensible aux ragots. Se soucier du qu'en-dira-t-on, ce n'est pas rock.

– Tu es plus rock que moi.

– Il suffit de le décider. Quoi qu'il arrive, je me demande comment Janis Joplin réagirait à ma place.

– Elle est morte à vingt-sept ans.

– Ça me laisse plus que le temps dont j'ai besoin.

– Tu ne vas pas mourir à vingt-sept ans, quand même.

– Non, puisque je ne vais pas prendre de drogue.

Les moments amoureux que Laetitia préférait étaient ceux consacrés aux Pneus. Produire du son avec Marin, c'était le sommet. Tristane se réjouissait de ce constat, puisqu'elle partageait ces instants privilégiés.

– Il n'y a pas de joie équivalant à celle de faire de la musique ensemble, dit-elle.

La grande sœur s'en voulait de demeurer plus réceptive aux mauvaises langues qu'elle l'eût voulu. Ce qu'elle entendait à présent, c'était :

« À dix-sept ans, elle passe l'essentiel de sa vie avec des gamins de douze ans. Il est loin, le temps où on trouvait qu'elle mûrissait vite ! »

L'unique passion que Tristane approfondissait en solitaire, c'était la littérature. Elle découvrait des univers qui lui inspiraient des émotions plus fortes encore que la musique.

Loin de la complexer, son manque de culture littéraire l'exaltait. Toutes ces splendeurs étaient à sa portée. Il suffisait d'ouvrir les livres et de se laisser gagner par le trouble.

Elle lut *Bérénice* de Racine et connut des émerveillements sans nom. Certains vers la mettaient en transe, d'autres la plongeaient dans la sidération.

Elle annonça aux siens qu'après le bac, elle étudierait les lettres à la Sorbonne. L'énoncé les consterna du début à la fin.

– Il faudrait déjà que tu sois reçue au bac, dit Florent – personne n'avait eu le bac dans la famille.

– Les lettres, ça ne sert à rien ! enchaîna Nora.

– À la Sorbonne en plus ! Lille, ce n'est pas assez bien pour toi ? conclut le père.

Il n'y eut que tatie Bobette pour applaudir :

– Évidemment qu'elle aura le bac et qu'elle montera à Paris ! Les lettres, c'est un moyen comme un autre de devenir présidente de la République.

Ce qui lui valut ce commentaire de sa sœur :

– Celle-là, depuis qu'elle a perdu sa fille, elle débloque encore plus qu'avant.

Quant à Cosette, elle manifesta son enthousiasme :

– Les lettres, je sais à peine ce que c'est. Qu'importe, je sais que ça te convient. Et à la Sorbonne : trop la classe.

L'unique à ne pas réagir fut Laetitia. La grande sœur se doutait que c'était mauvais signe. Quand elle ne répétait pas avec les Pneus, elle consacrait tout son temps aux révisions. Puisqu'elle aurait besoin d'une bourse, il lui fallait obtenir la meilleure mention. Elle accomplit elle-même toutes les démarches nécessaires, en secret.

Le jour J, elle annonça qu'elle avait le bac avec mention très bien. Elle récolta des réactions contrastées :

– Sans blague ! s'écria Florent.

– Tu n'es pas comme nous, déclara Nora d'une voix sombre.

Elle téléphona à tatie Bobette pour lui faire part de la nouvelle :

– Tu es un génie, exulta la tante.

– Enfin quelqu'un qui me félicite, commenta Tristane haut et fort avant de raccrocher.

– Je te félicite, ma chérie, dit le père. Tu m'impressionnes.

– Tu n'es pas comme nous, répéta la mère avec désespoir.

– Quel verdict ! dit Tristane.

– Je t'admire, ne t'inquiète pas. Mais je suis triste que tu ne sois pas comme nous.

– Pourquoi ?

– Tu vas te détourner de nous.

Abasourdie, Tristane fila dans sa chambre. « Tu vas te détourner de nous » dans la bouche d'une mère qui ne s'était jamais intéressée à elle, c'était énorme. Dans sa tête, elle lui adressa une diatribe : « Toi, tu ne pourras pas te détourner de moi, puisque tu ne t'es jamais tournée vers moi ! »

L'instant d'après, elle se morigéna : « Qu'attendais-tu ? Ce n'était pas pour tes parents que tu voulais réussir. Ton père a l'air fier de toi, c'est déjà plus que tu n'en espérais. »

Entra Laetitia, qui n'avait pas encore desserré les dents.

– Tu ne me félicites pas ? demanda la grande sœur.

– Non. Ce n'est pas d'aujourd'hui que je sais ton intelligence. Tu ne pouvais que réussir. M'en étonner serait t'insulter. Moi, ce que j'entends, c'est que tu vas partir.

– Je ne te quitterai jamais. Je reviendrai chaque week-end.

– Ça ne suffira pas aux Pneus.

– Bien sûr que si.

– Arrête de faire semblant. Ton projet d'avenir, ce n'est pas les Pneus. Pour toi, c'est un hobby. Pour Marin et moi, c'est notre vie.

Décontenancée, Tristane contempla cette fillette de douze ans et demi qui ne doutait pas une seconde non seulement de sa vie, mais aussi de celle de son amoureux. Que lui répondre ? La jeune fille opta pour la prudence :

– Tu connais Socrate : « Je sais que je ne sais pas. »

– Ne me mène pas en bateau. Le succès d'un groupe rock, c'est tellement difficile. Il suffit que l'un des membres n'ait pas le feu sacré et c'est fichu.

– Que proposes-tu ? Que je quitte les Pneus ?

– J'en étais sûre, dit Laetitia d'une voix d'outre-tombe.

– Je n'en ai aucune envie. C'est toi qui m'y accules.

– C'est ma faute ?

– Je n'ai pas envie de me disputer avec toi.

– C'est plus grave qu'une dispute. Tu divorces.

– On ne divorce pas de sa sœur.

– Si. C'est ce que tu es en train de faire.

– Laetitia, tu es la personne que j'aime le plus au monde.

– Et alors ? Tu vas vivre à Paris, les Pneus seront la dernière de tes préoccupations.

– Que voudrais-tu ?

– Tu peux étudier à Lille.

– C'est comme si, à la place de Torhout-Werchter, je te proposais une performance à Roubaix.

– Je ne peux pas discuter avec toi. Tu es trop intelligente.

– Pas plus que toi.

– Les Pneus, c'est un détail de ta vie. Ça, ça ne va pas.

– Remplace-moi.

– Tu es irremplaçable.

– Devenez un duo, Marin et toi.

– Sonny and Cher ?

– Quoi, c'est pas si mal !

– On n'est pas pop, on est rock.

Quand Laetitia avait dit ça, elle avait tout dit.

– Je suis trop vieille pour vous, conclut Tristane.

– Le problème n'est pas ton âge.

– Où est-il, alors ?

– C’est que tu ne m’aimes pas assez.

– Ce n’est pas vrai. Notre amour est au-delà de tout. Il n’y a aucune concurrence possible entre toi et le monde.

– Alors pourquoi m’accordes-tu si peu de temps ?

– Je ne trouve pas que je t’en accorde peu. Mais il faut vivre, Laetitia. Aimer, ce n’est pas se sacrifier. Si je renonçais pour toi à Paris, à la Sorbonne, à ces études, je t’aimerais mal. Oui, mes projets m’importent plus que les Pneus.

La fillette demeura sonnée un long moment avant de dire :

– Peut-être seras-tu déçue. Peut-être reviendras-tu.

– Peut-être. Si tu m’aimes pour de bon, ne l’espère pas trop.

– Je ne peux pas te mentir : je l’espère.

Tristane étreignit la petite :

– Quoi qu’il advienne, rien ne pourra nous séparer.

– Comment peux-tu être si optimiste ?

– Parce que je t’aime.

Nora entra sans frapper, comme toujours, et ignora le charmant tableau de cette embrassade.

– Ça va coûter cher, tes histoires. Tu ne nous as pas demandé si on était d'accord pour payer.

– Ça ne vous coûtera rien, répondit la jeune fille. J'ai obtenu une bourse, j'ai effectué les démarches depuis l'année dernière.

– Dans notre dos ?

Cette réaction minable sidéra Tristane et révolta sa sœur.

– Maman, tu es stupide ou quoi ? Qu'est-ce que tu attends pour féliciter Tristane ?

– Pourquoi ne nous a-t-elle pas avertis de ses projets ?

– Parce qu'elle n'était pas sûre de réussir. Et toi, tout ce que tu trouves à dire, c'est ces conneries ?

– On ne parle pas comme ça à sa mère.

– On ne parle pas comme ça à sa fille quand elle se conduit aussi admirablement.

Vexée, Nora partit en claquant la porte.

– Merci, Laetitia, dit la jeune fille, épatée.

– Elle m'a mise hors de moi. Je pense qu'elle te jalouse.

La porte s'ouvrit à nouveau sur Florent, fâché.

– Il paraît que vous parlez mal à votre mère ?

– Papa, je t'annonce que Tristane a obtenu une bourse qui paie tous ses frais d'études.

– Bravo ! s'écria le père, qui oublia aussitôt sa contrariété. Ma Tristane, tu m'en bouches un coin.

Nora revint à cet instant, s'attendant à entendre son mari sermonner ses filles. Elle n'osa pas désapprouver l'éloge de Florent.

– Tu te rends compte, ma chérie, lui dit son époux sans savoir l'affront qu'il lui infligeait. Quelle délicatesse de la part de Tristane de s'être occupée de tout, de ne nous avoir rien demandé ! Nous n'avons eu à nous inquiéter de rien. Quelle maturité !

Le père ne remarqua pas le silence vexé de la mère. En idéalisant sa fille, il la tirait vers le haut. Quand Nora fut seule avec lui, elle ne put s'empêcher de l'interroger :

– Tristane ne devait-elle pas te demander une autorisation pour ces démarches ?

– Est-ce qu'on demande une autorisation pour préparer une belle surprise à ses parents ?

La mère comprit enfin son erreur. Au lieu de se la reprocher, elle en nourrit une rancune accrue à l'égard de son enfant. « L'unique but de Tristane est de m'humilier, pensa-t-elle sincèrement. Florent est bien naïf de ne pas s'en apercevoir ! »

Ce non-dit rendit l'atmosphère irrespirable. La jeune fille prit prétexte de son logement parisien à aménager pour quitter Maubeuge par le premier train.

– Je suis désolée, dit-elle à sa sœur.

– Je te comprends, répondit Laetitia, à qui l'amertume maternelle n'avait pas échappé.

À peine Tristane fut-elle partie à Paris que Nora commença son travail de sape. En l'absence de Florent et en présence de Laetitia, elle téléphonait à ses connaissances, sous couleur d'annoncer le succès de son aînée :

– Le baccalauréat avec mention très bien, oui. Et elle a obtenu une bourse du gouvernement qui lui paie tous ses frais pour ses études à la Sorbonne. Lettres, ça ne sert à rien, mais il paraît qu'il y a des débouchés. Je crois qu'elle s'ennuie avec nous, et même avec sa sœur. Elle aime à penser qu'elle ne nous doit rien.

Un jour, elle alla jusqu'à déclarer à Laetitia :

– C'est méprisant, l'attitude de Tristane. Elle ne fait que souligner son indépendance, et sa supériorité vis-à-vis de toi.

– J'ai treize ans, maman. Tristane en aura dix-huit cet automne.

Laetitia n'eut d'autre recours que de consacrer encore plus de temps aux Pneus. Hélas, sans basse, leur musique ne ressemblait pas à grand-chose. Marin suggéra d'engager un suppléant. Ce fut leur première dispute.

Quand Tristane vint passer un week-end peu avant la rentrée, Laetitia lui décrivit la situation.

– Marin a raison, dit-elle. Il faut me remplacer.

– Tu es un membre fondateur des Pneus ! s'insurgea la petite.

– Sois réaliste. Maman est folle, tu vas avoir besoin de t'investir de plus en plus dans le groupe, sinon tu vas péter les plombs.

Marin leur fit rencontrer un certain Célestin qui faisait de la basse depuis trois ans. Les sœurs l'auditionnèrent.

– Insignifiant, dit Laetitia.

– Je ne trouve pas. Il a du caractère. Laisse-le prendre ses marques, déclara la jeune fille.

– Pour moi, ton départ des Pneus, c'est la fin du monde.

– C'est juste un changement. Accepte-le.

– Ai-je le choix ?

Tristane cachait sa joie. Même si sa petite sœur lui manquait, sa nouvelle vie l'exaltait. La découverte de l'indépendance lui révélait combien le climat familial lui pesait. Dès que leur père s'absentait, Nora se montrait tour à tour amère et agressive.

Et puis, il y avait Paris. Débarquer dans cette ville inconnue lui montait à la tête. Étudier les lettres là-bas relevait du pléonasme. Paris était littérature. Il n'y avait pas un quartier, pas une rue qui n'évoquât un pilier littéraire.

Tristane dévorait les classiques afin de se constituer un embryon de culture. Le point commun entre Villon, Chénier, Diderot, Balzac, Stendhal, Hugo, Zola, Proust, Cocteau, Aragon, etc., c'était Paris. Que ce fût pour dénigrer ou encenser, Paris était la Jérusalem des lettres françaises. Une histoire, même si elle se déroulait ailleurs, devait avoir Paris pour point névralgique.

Elle habitait une piaule microscopique située rue Jean-Jacques-Rousseau. Cette adresse n'était qu'un élément de plus qui confirmait l'élection de Paris. Elle n'était ni jolie ni confortable. Qu'importe ? Elle était chez elle. Pouvoir vivre à son rythme signifiait pouvoir lire à son rythme : elle connut l'ivresse de lire du matin au soir et du soir au matin.

Chez ses parents, si on la surprenait à lire pendant la journée, on lui adressait une réflexion comme quoi les loisirs étaient réservés à la soirée. Et si on la surprenait à lire le soir, sa mère lui disait :

– Tu fais bande à part !

Faire bande à part consistait à avoir du plaisir sans les autres. C'était dédaigneux, c'était mal. Tristane avait d'autant plus de problème avec cette accusation que l'activité de la bande était de regarder la télévision. Elle ne voyait pas en quoi sa défection gênait.

Le comble, c'est que quand elle prenait sa mère à la lettre et rejoignait le groupe, elle sentait que sa présence perturbait ses parents. Laetitia le lui confirmait.

– Ils sont mieux sans nous.

En conséquence, la petite sœur s'éclipsait elle aussi davantage, arguant qu'elle n'aimait que les programmes consacrés au rock, qui n'avaient pas la faveur parentale.

En 1991, deux adolescentes en grand besoin l'une de l'autre n'avaient que le téléphone fixe pour se parler. Entre Maubeuge et Paris, la ligne coûtait cher. Laetitia se sentait surveillée et n'osait pas dire ce qu'elle avait sur le cœur. Tristane proposa une correspondance.

– Commence, dit la petite.

Tristane n'eut qu'à ouvrir les vannes. Sans le savoir, elle accumulait depuis près de dix-huit ans des mots d'amour qui ne demandaient qu'à se déverser. Elle en avait dit, pourtant, de tels mots, à sa sœur. Les écrire n'avait rien à voir. Il s'agissait d'une autre fonction du langage. C'était comme chanter après avoir longtemps parlé. Le chant provenait d'une voix autre qui engageait l'âme.

Elle prit Cosette à témoin, qui répondit : « Tu es faite pour ça, écrire des lettres d'amour. Ceux qui croient que c'est niais sont ceux qui n'en ont jamais lu de vraies. Tout le monde n'est pas capable de ce prodige. » Puis, devenant pythonisse, elle lui assena le dogme amoureux : « Une lettre d'amour est un texte sacré. En tant que tel, il n'est pas le lieu où révéler ce qui n'a pas à l'être. Tant de gens confondent déclaration d'amour et déballage. » Ainsi, Tristane n'écrivit rien sur la mort de Cosette ni sur la présence de cette dernière en elle.

Ce qu'elle écrivit ne peut pas être paraphrasé, ni cité *in texto*. Celui qui donne à lire une lettre d'amour qu'il a écrite ou qu'il a reçue se montre vraiment indigne d'une telle grâce.

Laetitia savait que sa sœur l'aimait. Pourtant, quand elle lut la première lettre, elle fut bouleversée. Elle avait reçu, déjà, des billets de Marin, qui l'aimait et le lui disait bien. L'épître de Tristane était d'un registre différent. Imaginez une sculpture que son auteur a taillée en quinze coups de ciseau, sans souci de splendeur, avec la détermination de qui crée un chef-d'œuvre pour une seule personne.

L'adolescente répondit aussitôt, sans chercher à égaler la beauté de ce qu'elle avait lu. Non que sa jeunesse l'en empêchât. Elle savait d'instinct que ce qui multipliait le génie amoureux de Tristane tenait aux cinq premières années de sa vie, à cette traversée du désert qu'elle avait connue avant elle. Avoir survécu à une carence aussi cruelle sans pour autant être devenue un cœur de pierre, c'était l'indice d'une force exceptionnelle.

Les parents remarquèrent que leurs filles entretenaient une correspondance. S'ils n'eurent pas la bassesse de l'intercepter, ce fut moins par respect que par indifférence.

– Qu'est-ce qu'elles peuvent bien s'écrire ? Elles se voient chaque week-end ! dit Florent.

– Ce sont des enfantillages. Tristane a beau être au-dessus du lot, elle n'en est pas moins une gamine.

De ne plus être avec sa sœur pendant la semaine, Laetitia soupçonna ce qu'eût été sa vie si elle avait été enfant unique. Elle en frissonna de terreur. Les mesquineries de sa mère et l'aveuglement de son père lui apparurent beaucoup plus nettement qu'auparavant.

Quand Tristane arrivait, le vendredi soir, Laetitia l'attendait à la gare. Elle lui sautait au cou et puis elles rentraient à pied, heureuses. La petite racontait ce qui s'était passé en l'absence de la grande. Celle-ci évoquait Paris, la Sorbonne et les rencontres. Celle-là narrait les derniers exploits des Pneus. Aucun sujet n'était tabou, sauf, curieusement, leur correspondance. Sans qu'elles aient eu à se consulter sur ce point, elles savaient qu'en parler n'aurait aucun sens et peut-être même nuirait à ce phénomène supérieur. La parole et l'écrit se relaient et ne se recoupent jamais.

À la maison, Tristane était contente de retrouver ses parents. Elle les aimait. Elle connaissait leurs qualités respectives et savait ce qu'elle devait à chacun. Elle ne pensait pas à leurs défauts, qui n'étaient plus un mystère pour elle depuis sa plus tendre enfance. Laetitia n'avait pas son indulgence, qui s'irritait contre eux dans ses confidences à sa sœur.

– Pourquoi ne leur en veux-tu pas ?

– Ça m'aiderait ?

– C'est moi que ça soulagerait.

– Non. Ça nourrirait ton ressentiment. Toi et moi, nous sommes des élues. Pourquoi se soucier de ceux qui ne le sont pas ?

– Nos parents sont aussi des élus : ils se sont trouvés.

– Une pauvre trouvaille comparée à la nôtre.

Depuis que Tristane étudiait à Paris, tante Bobette venait déjeuner chaque dimanche chez sa sœur pour voir sa nièce préférée. Les histoires de la jeune Sorbonnarde lui arrachaient des cris d'admiration. Elle était souvent accompagnée de Nicky, celui des trois fils qui désertait le moins son entourage. On préférait ignorer l'emploi du temps des deux autres. Nicky, lui, ne faisait strictement rien, ce qui valait peut-être mieux.

En novembre, on fêta les dix-huit ans de Tristane. Celle-ci déclara qu'elle était impatiente de voter.

– Pourquoi ? demanda Nicky d'un air ahuri.

Sa cousine lui expliqua l'importance de voter :

– Il y a forcément un parti ou un candidat qui te convaincra plus que les autres. Informe-toi.

À Noël, aucun des garçons n'assista au dîner de famille. Tatie Bobette s'isola avec Tristane et lui dit :

– Nicky t'a trop écoutée. Non seulement il s'est inscrit au Front national, mais il y a entraîné ses frères.

– Je ne lui ai jamais conseillé une horreur pareille !

– Tu lui as conseillé de s'informer et de se laisser convaincre.

– Il faut que je lui parle.

– Impossible. J'ai perdu la trace de mes fils. Depuis qu'ils militent, ils ne traînent plus chez moi. Je ne sais même pas qui s'occupe de leur linge.

– Tatie, je suis désolée.

– T'inquiète, ça leur passera.

Tristane en doutait. La nuit suivante, pendant son insomnie, elle pria Cosette de lui pardonner.

– Arrête ton char. Comment aurais-tu pu prévoir un truc pareil ?

– J'aurais dû. Je manque d'imagination.

– À qui parles-tu ? interrogea Laetitia.

– À personne, dit Tristane qui avait perdu

l'habitude de partager la chambre de sa sœur. Je pense tout haut.

– Tu as quelqu'un à Paris ?

– C'est beaucoup dire. Ce n'est pas mon obsession du moment. Je découvre des écrivains incroyables. Racine, Michaux, Duras…

– La lecture, c'est pas mon kif.

– Ça peut te tomber dessus n'importe quand.

– Tu vas parfois aux concerts ?

– Non. J'attends que les Pneus se produisent à Bercy.

– Rigole pas. Ça arrivera.

Tristane admirait le feu sacré de sa sœur. Elle-même, qui vibrait de passion pour la littérature, n'avait pas d'objectif en matière de réalisation. Elle voulait connaître la littérature comme un alpiniste veut connaître le mont Everest. Elle voulait l'escalader par chaque face, en mesurer les abîmes et les crêtes.

La bourse couvrait ses besoins mais pas ses extras. Elle exerça un grand nombre de boulots qui n'avaient de petits que le nom. Elle s'occupa d'une très vieille dame impotente, elle fut jeune fille au pair, répétitrice, barmaid. Cette dernière expérience tourna court quand le patron lui déclara qu'elle n'avait pas le regard qu'il fallait.

– Il faut un regard particulier ? demanda-t-elle.

– Déjà, il faut un regard. Tu as les yeux éteints.

Tristane flamba de colère retenue.

– Là, c'est mieux. Si tu me fais ce regard en plus gentil, je te garde.

– Je m'en vais, répondit-elle.

Elle n'aurait pas cru que la petite fille terne continuerait à la torturer. Sa malédiction s'exprimait par les yeux : cette myopie qui l'avait foudroyée quand elle était toute petite et ce regard dont la plupart des autres ne décelaient pas l'étincelle. Elle se demanda si elle n'avait pas intégré une interdiction parentale : celle de briller.

C'était d'autant plus étrange que certaines personnes percevaient son éclat. Une élite dont le critère lui échappait détectait sa lumière. Singulier feu que celui qui sélectionnait ceux dont il tolérait d'être aperçu. Si au moins ces derniers s'étaient révélés des amants ou des amis idéaux. Hélas, elle n'avait pas avec ces élus des relations meilleures. C'était comme si, de percevoir son éclat, ils lui en voulaient.

Elle ne plaisait jamais d'emblée. En amitié comme en amour, il lui fallait dépasser un minimum d'une semaine : ceux qui ne l'avaient pas zappée au bout de sept jours se rendaient compte qu'elle était formidable.

On veut toujours ce qu'on n'a pas : Tristane rêva d'inspirer un coup de foudre. À défaut, elle trouva un job étudiant qui l'enthousiasma : elle fut engagée dans une banque de données informatiques. En 1993, les bases de données en étaient encore à leurs balbutiements. Contre toute attente, Tristane apprécia ce travail et y excella.

Quand elle en parlait à sa famille, on haussait les épaules.

– Tu te passionnes pour les lettres, ce n'est pas pour bosser sur un ordinateur, dit son père.

– Mon tailleur est riche, mais ma sœur a un crayon jaune, répondit-elle.

– Pourquoi tu dis ça ?

– Précisément parce que ça n'a aucun rapport. Les lettres, c'est ma passion. Ce ne sera peut-être pas mon métier.

– Tout ça pour ça !

Tristane se tut, reconnaissant l'un des aspects de ses parents qui l'irritaient le plus : il fallait rentabiliser. Ils demandaient souvent à Laetitia si elle croyait que son groupe ferait fortune. Par bravade, elle répondait qu'elle les inviterait à l'inauguration de sa piscine de champagne.

– Quinze ans, et pas une once de maturité, commentaient-ils. Facile, quand on est entretenue par son père et sa mère.

– Rassure-toi, maman, j'irai m'inscrire au Front national comme les cousins si ça ne marche pas un jour, dit Laetitia.

– Les Pneus, c'est d'extrême droite ? demanda Nora, à qui le second degré était étranger.

Pendant ses études, Tristane eut des liaisons. Elle aima un homme marié qui voulut quitter sa femme pour elle. Elle refusa. Quand il la quitta, elle se demanda pourquoi elle avait refusé. Elle retrouva Indira dans une rue de Paris et leurs amours reprirent aussitôt.

– Comment ai-je pu te quitter ? lui demanda-t-elle au comble de la passion.

Quatre mois plus tard, elle n'en pouvait plus. Indira ne cessait d'alterner des phases idylliques avec de longues bouderies absurdes. Après coup, elle inventait à ces fâcheries des motifs de moins en moins convaincants. Tristane finit par comprendre qu'il s'agissait d'un principe de révolution permanente appliqué à l'amour et déclara qu'elle préférait qu'elles soient amies. Indira se révéla pareille en amitié qu'en amour.

– Tu marches à voile et à vapeur ? interrogea un ami.

– Faire l'amour m'importe. Du moment que je suis amoureuse, cela m'est égal d'avoir en face de moi une fille ou un garçon.

– Statistiquement, tu es plus attirée par les hommes ou par les femmes ?

– Cette statistique n'existe pas. Je suis attirée par des individus, pas par un sexe en particulier.

– Le sexe ne t'intéresse pas ?

– Curieuse manière d'interpréter mes paroles.

Le syndrome de la petite fille terne ne la lâchait pourtant pas : elle craignait tant d'être vue pour telle – de ne pas être vue –, d'être celle qu'on ne remarquait pas. Elle en souffrait encore plus que quand elle était enfant.

Une nuit, dans un café, un homme lui dit :

– Mademoiselle, vous êtes si belle que j'ai peur de vous parler.

– Que craignez-vous ?

– Que vous n'existiez pas.

Elle sourit.

– Quand vous souriez, votre beauté est presque insoutenable.

Comme elle sentait chez cet inconnu une authentique bienveillance, elle lui avoua que personne ne la trouvait belle.

– Vous portez des lunettes, répondit l'homme. Ne cherchez pas d'autre explication. Pourtant, vos lunettes vous vont bien. Mais c'est ainsi : les lunettes repoussent. Elles sont le bouclier de l'œil.

– L'œil est mon point faible.

– C'est le point faible de notre espèce entière. Nous nous glorifions de voir les couleurs, quand nous n'en décelons qu'une gamme. Notre ouïe, si nulle soit-elle, entend huit octaves. Ne vous étonnez pas qu'on vous voie peu. Votre beauté n'est pas tapageuse, mais quand on l'a vue, on ne voit plus qu'elle.

L'inconnu partit après cette déclaration. Tristane conçut pour lui une gratitude éternelle. À vingt-deux ans, de bonnes paroles ne guérissent pas d'un complexe aussi ancien, mais elles désinfectent les vieilles plaies.

Après ses études, elle fut embauchée en CDI par la boîte de bases de données où elle avait travaillé à mi-temps pendant deux ans. Elle n'en changea pas, malgré les récriminations de sa famille.

– À quoi bon étudier les lettres à la Sorbonne si c'est pour aboutir à ça ? lui dit son père.

– Je suis très contente de mon emploi. Il m'intéresse sans m'obséder, il me laisse tranquille en dehors des trente-neuf heures, je gagne ma vie.

– Tu n'as pas d'ambition.

– Je veux pouvoir continuer à lire trois heures par jour.

– Toi qui adores la littérature, tu n'as pas envie d'écrire ?

– J'adore aussi le vin, je n'ai pas envie de cultiver la vigne.

– Tu me désespères.

– Non, tu ne me comprends pas, c'est différent.

La boîte de bases de données se situait dans une tour de La Défense. Tristane, qui habitait désormais Noisiel, traversait la ville matin et soir par le biais du RER A.

– Si au moins ça se situait à Maubeuge ou à Lille, ton boulot !

Tristane ne répondit pas. Elle pensa que pour rien au monde elle ne retournerait vivre auprès de ses parents. Laetitia lui manquait, mais leur correspondance était devenue un acquis : elles s'écrivaient chaque semaine des lettres d'amour plus fortes que l'amour.

À dix-sept ans, la petite sœur croyait plus que jamais aux Pneus. Elle préparait le bac afin qu'on lui fiche la paix. Ensuite, elle voulait se consacrer à cent pour cent au groupe. Marin aussi. Ce fut l'occasion d'une engueulade avec

Célestin, qui déclara vouloir étudier à l'université.

– Il n'y a pas de cursus de rock, lui dit Laetitia.

– Je veux un diplôme d'ingénieur.

– Ingénieur du son ?

– Non, ingénieur normal. Pour avoir quelque chose en poche.

– Une solution de repli au cas où les Pneus n'auraient pas de succès ? Dégage, tu n'as pas la foi. On trouvera un autre bassiste.

Marin prit la défense de son ami. Laetitia demeura intraitable :

– Si on ne croit pas à cent pour cent à ce qu'on fait, c'est fini.

– D'accord. Imagine qu'on atteigne ce résultat à vingt-cinq ans. Doit-on habiter chez nos parents jusque-là ? Ce serait bien qu'on ait notre indépendance sans trop tarder.

Ils disposaient de trois garages : ceux de leurs parents respectifs. Le garage des parents de Marin devint leur studio de répétition, celui des parents de Célestin, leur entrepôt, et celui des parents de Laetitia leur piaule. Ils y dormaient à trois.

– Tu couches avec les deux ? ne put s'empêcher de demander Tristane.

– Non. Marin et moi, nous formons un couple si solide que Célestin ne nous dérange pas.

La grande sœur préféra ne pas en savoir plus. Elle admirait la vie amoureuse de Laetitia. La sienne était de plus en plus chaotique. Depuis que l'inconnu lui avait parlé dans ce café ce fameux soir, Tristane était un peu plus assurée. Mais il lui restait une faille tragique à laquelle elle ne comprenait rien.

En attendant le RER, elle fut accostée par un beau garçon :

– Tristane !

Elle mit plusieurs minutes à reconnaître Benoît.

– Tu es devenu magnifique.

– Et toi encore plus belle. Sept ans sans toi, c'était insupportable.

Leur histoire reprit aussitôt. Benoît lui dit

qu'il avait passé ces sept années à bassiner ses rares copines en leur parlant d'elle.

– Et moi, tu vas me bassiner en me parlant de qui ?

– De toi, répondit-il.

Il tint parole. Amoureux fou, il ne cessa pas un instant de s'exalter d'elle, de lui manifester sa ferveur par mille attentions, de lui adresser des déclarations incendiaires. Au bout de six mois, elle le quitta.

– Pourquoi ? demanda-t-il.

Elle refusa d'expliquer et dit qu'elle ne voulait plus jamais le voir. Elle vit disparaître un homme détruit.

– C'est quoi, ton problème ? demanda Cosette.

– Je souffrais trop. Non seulement, je ne sentais pas son amour, mais je sentais sans arrêt qu'il allait me quitter.

– Et toi, tu l'aimes ?

– J'avais trop mal pour le savoir.

– Tu es malade, Tristane. Tu ne t'en sortiras pas toute seule.

– Je ne suis pas seule, tu es là.

– Je ne suis pas médecin.

Ce fut le début d'une longue quête. La jeune femme vit des psys multiples et variés. Le plus souvent, il ne se passa rien. Certains lui nuisirent avec les meilleures intentions. Et puis, elle rencontra un psychothérapeute âgé qui parlait très peu. L'alchimie prit. Des évidences furent découvertes : ce qui crève les yeux se dérobe toujours.

Tristane avait reçu à la naissance le titre de seconde. C'est autant une place qu'un rôle. Seconde, elle l'avait été dans le cœur de son père et de sa mère, qui vivaient leur idylle d'une manière anormalement exclusive. Seconde, elle l'avait été même par rapport à Laetitia. D'avoir reçu dès son arrivée la charge d'amour dont elle avait été privée, la petite sœur était devenue prépondérante.

– Un jour, ça se verra : c'est Laetitia l'aînée, dit monsieur Turtel. C'est vous qui l'avez adoubée.

Seconde, elle l'était en amour. Tristane se rappela cette liaison avec l'homme marié dont elle avait refusé qu'il divorce pour elle. Quand on lui proposait un premier rôle, elle se sentait si peu crédible qu'elle jetait l'éponge.

Elle formula aussi qu'elle comparait tout amour à celui de ses parents et qu'aucun ne lui semblait à la hauteur.

– C'est pourtant un amour défaillant, dit monsieur Turtel.

– En quoi l'est-il ?

– Vous verrez.

Ce futur fut entendu. La jeune femme remit cette élucidation à plus tard. Bizarrement, de savoir que l'amour de ses parents n'était pas idéal la rassura.

Cela s'étala sur plusieurs années. Un jour, une dame appela Tristane pour la prévenir que monsieur Turtel ne pouvait plus la recevoir.

– Il est malade ?

– Il est mort.

Tristane éprouva du chagrin. Elle espéra avoir avec ce psychothérapeute le même dialogue qu'avec Cosette : cela eût convenu à un défunt de sa profession. Hélas, elle eut beau le solliciter et l'interroger, il ne répondit pas. Elle ne perdit pas pour autant l'habitude de lui parler : il écoutait toujours aussi bien. Chaque mort a son fonctionnement.

– Tu ne lui avais jamais rien dit à mon sujet, dit Cosette.

– Peut-être parce que tu n'es pas un problème.

– Verras-tu un autre psy ?

– Non. Ça va mieux. Et ce ne serait pas aimable pour les successeurs : je les comparerais, forcément à leur désavantage.

Laetitia, à vingt-quatre ans, fut conviée avec ses acolytes à faire la première partie de Metallica à Bercy.

Les Pneus le vécurent comme un aboutissement. Metallica, c'était la gloire, la classe. Avoir convaincu un groupe aussi génial de jouer le rôle d'apéritif à leur concert parisien les pulvérisa. Au sens propre, hélas. Leur prestation ne se passa pas bien. Le public, impatient d'accueillir ses idoles, siffla les trois jeunes gens. Rien de rare à cela, mais les Pneus, très déstabilisés, commirent de nombreuses erreurs. Cette contre-performance ne plaida pas en leur faveur.

L'événement qui était censé les lancer plomba leur carrière. Ils n'eurent jamais accès ni à d'autres premières parties, ni à des salles prestigieuses. Les

Pneus devinrent l'un de ces groupes que l'on entend dans d'obscurs festivals.

C'est là qu'ils se révélèrent admirables. Ils inversèrent la malchance. Au lieu de chercher inutilement la célébrité, ils furent des artistes pour happy few. Ils n'avaient que trois cents fans, mais ceux-ci auraient donné leur vie pour assister à leur vingt-cinquième concert à Montceau-les-Mines.

Surtout, les Pneus ne perdirent jamais la foi. Quand leurs finances les alarmaient, quand la conjoncture empirait, quand le public d'un soir les dédaignait, ils concluaient invariablement par :

– On les aura !

Si ce n'était un pléonasme, on pourrait qualifier les Pneus de jusqu'au-boutistes de l'*amor fati*.

Tristane était au nombre des happy few. Elle trouvait que les Pneus ne cessaient de progresser. Elle avait raison. Leurs textes étaient de plus en plus forts, leur jeu s'affinait.

Laetitia prévint sa sœur que les Pneus donneraient un concert dans la salle la plus pourrave de Paris, le Têtard, non loin de la station Rome.

– On n'a plus joué à Paris depuis Metallica, on veut prouver qu'on n'est pas superstitieux.

– Bravo !

– On peut loger chez toi ? On n'a pas de quoi se payer l'hôtel.

– Bien sûr. Marin et toi dans le clic-clac…

– Et Célestin avec toi dans ton plumard.

– Pas de problème, conclut Tristane, qui se demandait pourquoi sa sœur avait une drôle de voix.

La performance des Pneus dépassa leurs propres sommets. Quatre cents personnes entassées au Têtard atteignirent l'extase la plus pure de l'histoire du rock.

Tristane se souvint des paroles de monsieur Turtel. Laetitia, trente ans, était devenue sa grande sœur. Elle grattait et chantait avec plus de charisme que jamais, elle incarnait sa musique, vivait son texte, on ne pouvait départager sa beauté de sa laideur, sa délicatesse de sa sauvagerie. C'était peu dire que Tristane était fière d'elle : elle exultait.

La fête qui suivit fut longue, mais on finit quand même par se retrouver à Noisiel, dans le petit appartement. Tristane se félicita d'avoir déjà déplié le clic-clac : Marin et Laetitia s'écroulèrent dessus et s'endormirent aussitôt.

Elle ne broncha pas quand Célestin se déshabilla pour entrer dans son lit. Lorsqu'il l'attrapa dans ses bras, elle se permit de protester :

– Ne gâche pas un tel triomphe.

– Tristane, je suis fou de toi depuis que j'ai treize ans.

– Tu es un enfant.

– J'ai trente ans et toi trente-cinq.

– Deux bassistes ensemble, ça n'a pas de sens.

– Au contraire : le bassiste, c'est l'autiste de la bande. Deux autistes ensemble, c'est le meilleur risque à courir.

Célestin se révéla l'amoureux idéal. Il était tellement déboussolant que Tristane ne pouvait pas le comparer. Il avait le talent de transformer tous ses accès de négativité :

– Toi et moi, c'est pas possible.

– Tu as raison : c'est trop bien.

– J'en peux plus de cette impression que ça va finir la minute d'après.

– Inventons l'impression que ça va finir la seconde d'après, ce sera encore meilleur.

– Avec toi, je ne vis pas, je survis.

– Trop cool. C'est du darwinisme amoureux.

Comme ils ne vivaient pas ensemble, elle pouvait prendre du recul en son absence et se rendre compte qu'il lui manquait. Au fond, cette histoire lui convenait à merveille.

Un détail la chiffonnait. Elle appela Laetitia :

– Tu avais prévu que Célestin serait avec moi.

– Non. Je l'ai espéré.

– Depuis quand ?

– Pas longtemps.

Elle mentait : quinze ans plus tôt, elle avait sélectionné le bassiste en pensant à sa sœur. Jamais l'intéressée n'eût pu si bien choisir pour elle-même. Tandis que la petite sœur, qui la connaissait et l'aimait tant, en était capable. Elle avait misé sur le long terme sans en parler à personne et se réjouissait du résultat.

Pour un peu, elle se serait presque réjouie de leur relatif insuccès. Si les Pneus étaient devenus l'un de ces groupes célèbres qui voyagent de capitale en capitale, peut-être cette affaire eût-elle été impossible. Mais quand on va du festival de La Goulafrière (cent soixante-cinq habitants) au Metropolitan du Puy-en-Velay, avoir une amoureuse en banlieue parisienne n'a rien d'inenvisageable.

L'année suivante, Florent mourut dans un accident de voiture.

Tristane et Laetitia pleurèrent ce père de tout leur cœur.

Veuve à soixante-cinq ans, Nora s'effondra. Elle vendit la maison où elle avait vécu heureuse pendant quarante années et acheta une bicoque inaccessible, à cent kilomètres de là, dans un bled qu'aucune gare ne desservait. Ainsi, elle était sûre que ni sa sœur ni ses filles ne pourraient lui rendre visite. Ce qui ne l'empêcha pas de les appeler chaque semaine pour se plaindre de leur indifférence à son sujet.

– Vous ne venez jamais me voir !

Frappées de remords, les trois femmes, compatissantes, louèrent un véhicule pour aller voir leur parente esseulée. Celle-ci les reçut aussi mal que possible.

– Alors, on vient me surveiller ?

– Comment vas-tu, ma sœur chérie ?

– Mieux que toi. Je ne suis pas un boulet pour la société, moi. Je n'ai pas trois enfants fachos.

– Tu veux qu'on s'en aille, maman ? demanda Laetitia.

– Vous en avez déjà assez de moi, pas vrai ?

La cambuse était encore plus sinistre que prévu.

– Pourquoi as-tu choisi cette maison, maman ?

– Ça ou autre chose, répondit-elle.

Non, justement, on sentait qu'elle s'était donné du mal pour trouver une demeure à ce point odieuse, difficile d'accès et inconfortable.

– Il n'y a aucune photo de Florent, remarqua Bobette.

– Retourne le couteau dans la plaie. J'évite de penser à lui, ça me fait trop mal.

– Tu as pourtant connu l'amour que tout le monde espère !

– Oui, eh bien, mon mari est mort.

– Les quarante années que tu as passées avec lui, tu n'essaies pas de t'en souvenir ?

– Je vais de l'avant.

Les trois visiteuses se regardèrent.

– Regarder la télévision toute la journée, tu appelles ça aller de l'avant ? déclara Tristane.

– Ta tatie Bobette que tu vénères ne fait que ça depuis toujours et moi je n'aurais pas ce droit ?

– Si ça te rend heureuse…, intervint Bobette.

– Heureuse ! Quelle idée ! Tu es heureuse devant ta télé, toi ?

– Oui. La télé, c'est ma copine.

– Pauvre fille !

– Maman, tu as fini d'être infecte ? interrogea Laetitia.

– Insulte ta vieille mère !

– Tu n'arrêtes pas de te poser en victime, tu ne t'intéresses absolument pas à nos vies !

– Ta carrière de chanteuse has been ? Et toi, la binoclarde, ton boulot sans intérêt ? Bobette, as-tu recommencé à boire ? Vous voyez que je m'intéresse à vous !

Atterrées, les trois femmes se levèrent et partirent. Pendant le trajet du retour, elles évitèrent de parler.

Tristane se rappela les considérations de monsieur Turtel sur l'amour défaillant de ses parents. Était-ce cela qu'il voulait dire ?

Pour la première fois, elle essaya d'imaginer ce qu'eût été l'existence de sa mère si elle n'avait pas rencontré son père. Elle vit que Nora s'était construite autour d'une déficience essentielle. Un accident merveilleux l'avait mise en présence d'un homme qui avait vu en elle quelque chose de beau. Cet amour avait étayé son vide pendant quatre décennies. Il lui avait tenu lieu de matière. Nora en avait oublié son vide fondamental et à présent, elle se retrouvait face à lui, sans savoir comment l'affronter.

Si Célestin mourait, Tristane savait qu'elle souffrirait le martyre, mais elle n'éviterait pas de penser à lui. Au contraire, elle lui parlerait en elle sans discontinuer. La mort n'était pas la cessation de l'amour.

Quelques jours plus tard, Tristane rassembla son courage et téléphona à sa mère. Elle lui avoua que depuis la mort de Cosette, leur dialogue ne s'était jamais interrompu.

– Essaie de parler à papa.

– Ça me fait trop mal.

– Tu souffres, de toute façon.

– Laisse-moi souffrir de la manière que je veux.

Le lendemain, tatie Bobette l'appela :

– Nora s'est suicidée. Elle a ouvert le gaz, l'odeur a fini par alerter les voisins, les pompiers l'ont retrouvée morte ce matin. Elle a réussi le suicide que j'ai raté.

Abasourdie, Tristane ne parvint pas à pleurer. Elle avait l'impression qu'un coup de matraque lui tombait sur la tête en permanence.

Quand elle sortit de sa sidération, le facteur lui apporta une lettre de sa mère :

Chère Tristane,

Lorsque tu recevras ce courrier, je serai morte. C'est toi qui m'as suggéré cette solution : puisque tu communiques mieux avec les défunts qu'avec les vivants, je sais ce qu'il me reste à faire.

À bientôt,

Maman

Cette signature affectueuse était une abomination de plus. « C'est toi qui m'as suggéré cette solution… » : comment sa mère en était-elle arrivée à lui vouloir tant de mal ?

Elle pleura, mais il s'agissait de larmes de colère. Elle appela Laetitia pour lui annoncer la nouvelle, sans évoquer le courrier qu'elle venait de lire.

– Putain, elle aura fait chier jusqu'au bout, dit Laetitia.

– Je m'occupe des formalités, dit Tristane, vu que ni tatie Bobette ni la sœur n'en avaient les moyens.

C'est elle aussi qui prit contact avec le notaire.

La succession était empoisonnée. Au moins, on n'y flairait aucune préméditation maternelle.

Pour s'acquitter des droits de succession, il fallut vendre la maison du drame. Tristane craignit que personne n'en veuille : la bicoque, mal située, vétuste, sinistre, dégageait en plus l'aura du suicide de son occupante précédente. Qui pourrait désirer y vivre ?

Une vieille dame la contacta, disant que cette maison lui plaisait. Tristane retint son souffle. Le marché fut conclu.

La dame finit par lui avouer sa motivation :

– Ma famille me déteste. Mes enfants ne viendront jamais me voir ici, je serai tranquille.

Tristane songea que sa mère avait probablement dit la même chose à l'ancien propriétaire de ce lieu maudit.

Un an plus tard, Tristane s'aperçut qu'elle était en enfer. Ce qu'elle avait d'abord interprété en termes de deuil montrait désormais son vrai visage de culpabilité dévoratrice. Elle avait gardé pour elle la lettre de sa mère. Comme Laetitia était de passage chez elle, elle craqua et lui remit l'épître :

– Qu'est-ce que c'est que cette histoire ? demanda la sœur.

Tristane lui avoua ses échanges avec Cosette et son ultime conversation avec leur mère.

– Est-ce que je pouvais imaginer qu'elle réagirait de cette manière ?

– Bien sûr que non. Quelle ordure !

– N'insulte pas une morte.

– Je vais me gêner. C'est ignoble, ce qu'elle t'a fait.

– J'avais juste voulu lui tendre la main. Je n'ai pas compris sa réaction.

– Il n'y a rien à comprendre. Elle a voulu te pourrir la vie, c'est tout.

– Pourquoi moi ?

– Tu ressembles à papa. Tu es une version de notre père qu'elle ne peut pas avoir. Alors elle a décidé de te posséder d'une autre façon.

Tristane frémit : cela sonnait vrai.

– Comment est-il possible qu'un amour aussi grand que celui de nos parents ait abouti à un désastre pareil ? interrogea-t-elle.

– Il n'a pas abouti qu'à ce désastre. Il nous a donné naissance. Notre amour vaut mieux que le leur.

Sans le savoir, Laetitia venait de délivrer sa sœur de la malédiction. Elle se sentit si libre qu'elle retira ses lunettes : elle n'y vit pas très clair, mais à l'intérieur d'elle, la vue était parfaite.

Tristane brûla la lettre maternelle. Laetitia applaudit.

DU MÊME AUTEUR

Aux Éditions Albin Michel

HYGIÈNE DE L'ASSASSIN

LE SABOTAGE AMOUREUX

LES COMBUSTIBLES

LES CATILINAIRES

PÉPLUM

ATTENTAT

MERCURE

STUPEUR ET TREMBLEMENTS, Grand Prix du roman de l'Académie française, 1999.

MÉTAPHYSIQUE DES TUBES

COSMÉTIQUE DE L'ENNEMI

ROBERT DES NOMS PROPRES

ANTÉCHRISTA

BIOGRAPHIE DE LA FAIM

ACIDE SULFURIQUE

JOURNAL D'HIRONDELLE

NI D'ÈVE NI D'ADAM

LE FAIT DU PRINCE

LE VOYAGE D'HIVER

UNE FORME DE VIE

TUER LE PÈRE

BARBE BLEUE

LA NOSTALGIE HEUREUSE

PÉTRONILLE

LE CRIME DU COMTE NEVILLE

RIQUET À LA HOUPPE

FRAPPE-TOI LE CŒUR

LES PRÉNOMS ÉPICÈNES

SOIF

LES AÉROSTATS

PREMIER SANG, prix Renaudot

Composition : IGS-CP
Impression : CPI Bussière en juin 2022
Éditions Albin Michel
22, rue Huyghens, 75014 Paris
www.albin-michel.fr
ISBN broché : 978-2-226-47636-4
ISBN luxe : 978-2-226-18529-7
N° d'édition : 25089/01 – N° d'impression : 2065212
Dépôt légal : août 2022
Imprimé en France